Cadáver exquisito

Agustina Bazterrica

Cadáver exquisito

Papel certificado por el Forest Stewardship Council®

Primera edición: abril de 2018
Undécima reimpresión: enero de 2024

Printed in Spain – Impreso en España

ISBN: 978-84-204-3342-4
Depósito legal: B-2943-2018

Impreso en Unigraf, Móstoles (Madrid)

A L 3 3 4 2 A

Para mi hermano, Gonzalo Bazterrica

Lo que se ve nunca coincide con lo que se dice.

GILLES DELEUZE

Me acaban el cerebro a mordiscos, / bebiendo el jugo de mi corazón / y me cuentan cuentos al ir a dormir.

PATRICIO REY Y SUS REDONDITOS DE RICOTA

Uno

… y su expresión era tan humana, que me infundió horror…

LEOPOLDO LUGONES

1

Media res. Aturdidor. Línea de sacrificio. Baño de aspersión. Esas palabras aparecen en su cabeza y lo golpean. Lo destrozan. Pero no son sólo palabras. Son la sangre, el olor denso, la automatización, el no pensar. Irrumpen en la noche, cuando está desprevenido. Se despierta con una capa de sudor que le cubre el cuerpo porque sabe que le espera otro día de faenar humanos.

Nadie los llama así, piensa, mientras prende un cigarrillo. Él no los llama así cuando tiene que explicarle a un empleado nuevo cómo es el ciclo de la carne. Podrían arrestarlo por hacerlo, podrían incluso mandarlo al Matadero Municipal y procesarlo. Asesinarlo sería la palabra exacta, aunque no la permitida. Mientras se saca la remera empapada trata de despejar la idea persistente de que son eso, humanos, criados para ser animales comestibles. Va a la heladera y se sirve agua helada. La toma despacio. Su cerebro le advierte que hay palabras que encubren el mundo.

Hay palabras que son convenientes, higiénicas. Legales.

Abre la ventana, el calor lo sofoca. Se queda fumando mientras respira el aire quieto de la noche. Con las vacas y los cerdos era fácil. Era un oficio aprendido en el frigorífico El Ciprés, el frigorífico de su padre, su herencia. Sí, el grito de un cerdo siendo volteado podía petrificarte, pero se usaban protectores auditivos y después ya se convertía en un ruido más. Ahora que es la mano derecha del jefe tiene que controlar y preparar a los nuevos empleados. Enseñar a matar es peor que matar. Saca la cabeza por la ventana. Respira el aire compacto, que arde.

Quisiera anestesiarse y vivir sin sentir nada. Actuar de manera automática, mirar, respirar y nada más. Ver todo, saber y no decir. Pero los recuerdos están, siguen ahí.

Muchos naturalizaron lo que los medios insisten en llamar la «Transición». Pero él no, porque sabe que transición es una palabra que no evidencia cuán corto y despiadado fue el proceso. Una palabra que resume y cataloga un hecho inconmensurable. Una palabra vacía. Cambio, transformación, giro: sinónimos que parece que significan lo mismo, pero la elección de cada uno de ellos habla de una manera singular de ver el mundo. Todos naturalizaron el canibalismo, piensa. Canibalismo, otra palabra que podría traerle enormes problemas.

Recuerda cuando anunciaron la existencia de la GGB. La histeria masiva, los suicidios, el miedo. Después de la GGB fue imposible seguir comiendo animales porque contrajeron un virus mortal para los humanos. Ese era el discurso oficial. Las palabras con el peso necesario para modelarnos, para suprimir cualquier cuestionamiento, piensa.

Camina por la casa, descalzo. Después de la GGB el mundo cambió de forma definitiva. Se probaron vacunas, antídotos, pero el virus resistió y mutó. Recuerda artículos hablando sobre la venganza de los veganos, otros sobre actos de violencia contra animales, médicos en la televisión explicando cómo sustituir la falta de proteínas, periodistas confirmando que todavía no había cura para el virus animal. Suspira y prende otro cigarrillo.

Está solo. Su mujer se fue a lo de su madre. Ya no la extraña, pero hay un vacío en la casa que no lo deja dormir, que lo inquieta. Agarra un libro de la biblioteca. Ya no tiene sueño. Prende la luz y se dispone a leer, pero la apaga. Se toca la cicatriz de la mano. Es vieja, ya no le duele. Fue un cerdo. Él era muy joven, un principiante, y creía que no había que respetar a la carne, hasta que la carne lo mordió y casi le saca la mano. El capataz y los otros no paraban de reírse. Te bautizaron, le decían. El padre no dijo nada. Con ese mordisco dejaron de mirarlo como al hijo del dueño y ya formó parte del grupo. Pero ni ese grupo, ni el frigorífico El Ciprés existen, piensa.

Agarra el celular. Tiene tres llamadas perdidas de su suegra. Ninguna de su mujer.

Decide bañarse porque no soporta el calor. Abre la ducha y pone la cabeza bajo el agua fría. Quiere borrar las imágenes lejanas, los recuerdos que persisten. Las pilas de gatos y perros quemados vivos. Un rasguño significaba la muerte. El olor a carne quemada se sintió por semanas. Recuerda los grupos con las escafandras amarillas que recorrían los barrios por las noches para matar y quemar a cualquier animal que se les cruzara.

El agua fría le cae en la espalda. Se sienta en el piso de la ducha. Niega con la cabeza despacio, pero no puede dejar de recordar. Hubo grupos que empezaron a matar a personas y a comerlas de manera clandestina. La prensa registró el caso de dos bolivianos desempleados que fueron atacados, descuartizados y asados por un grupo de vecinos. Cuando leyó la noticia sintió escalofríos. Fue el primer escándalo público y el que instaló la idea en la sociedad de que, después de todo, la carne es carne, no importa de dónde venga.

Levanta la cabeza para que el agua le caiga en la cara. Quiere que las gotas le dejen el cerebro en blanco. Pero sabe que los recuerdos están ahí, siempre. En algunos países los inmigrantes empezaron a desaparecer en masa. Inmigrantes, marginales, pobres. Fueron perseguidos y, eventualmente, sacrificados. La legalización se llevó a cabo cuando los gobiernos fueron presionados por una industria millonaria que estaba parada. Se adaptaron los frigoríficos y las regulaciones. Al poco tiempo los empezaron a criar como reses para abastecer la demanda masiva de carne.

Sale de la ducha y se seca, apenas. Se mira al espejo, tiene ojeras. Él adscribe a una teoría de la que se intentó hablar, pero los que lo hicieron de manera pública fueron silenciados. El zoólogo con mayor prestigio, que en sus artículos decía que el virus era un invento, tuvo un accidente oportuno. Él cree que es una puesta en escena para reducir la superpoblación. Desde que tiene consciencia se habla de la escasez de recursos. Recuerda los disturbios en países como en China, donde la gente se mataba por el hacinamiento, pero ningún medio abordaba la noticia desde ese ángulo. El que le decía que el mundo iba a explotar era su padre: «El planeta va a reventar, en cualquier momento. Vas a ver, hijo, estalla o nos morimos todos con alguna plaga. Mirá como en China ya se están empezando a matar por la cantidad que son, no entran. Y acá, acá todavía hay lugar, pero nos vamos a quedar sin agua, sin alimentos, sin aire. Todo se va al diablo». Él lo miraba con cierta lástima porque pensaba que decía cosas de viejo, pero ahora sabe que su padre tenía razón.

La purga había traído aparejados otros beneficios: reducción de la población, de la pobreza y había carne. Los precios eran altos, pero el mercado crecía a ritmos acelerados. Hubo protestas masivas, huelgas de hambre, reclamos de las organizaciones de derechos humanos y, al mismo tiempo, surgieron artículos, estudios y noticias que afectaron la opinión pública. Universidades prestigiosas afirmaron que era necesaria la proteína animal para vivir, médicos confirmaron que las proteínas vegetales no tenían todos los aminoácidos esenciales, expertos aseguraron que se habían reducido las emisiones de gases, pero había aumentado la malnutrición, revistas hablaron sobre el lado oscuro de los vegetales. Los focos de protestas se fueron debilitando y seguían apareciendo casos de personas que los medios decían que morían del virus animal.

El calor lo sigue sofocando. Camina desnudo hacia la galería de su casa. No corre aire. Se acuesta en la hamaca paraguaya y trata de dormir. Recuerda la misma publicidad, una y otra vez. Una mujer hermosa, pero vestida de manera conservadora, les sirve la cena a sus tres hijos y al marido. Mira a cámara y dice: «Yo le doy a mi familia alimento especial, la carne de siempre, pero más rica». Todos sonríen y comen. El gobierno, su gobierno, decidió resignificar ese producto. A la carne de humano la apodaron «carne especial». Dejó de ser sólo «carne» para pasar a ser «lomo especial», «costilla especial», «riñón especial».

Él no le dice carne especial. Él usa las palabras técnicas para referirse a eso que es un humano, pero nunca va a llegar a ser una persona, a eso que es siempre un producto. Se refiere al número de cabezas a procesar, al lote que espera en el patio de descarga, a la línea de sacrificio que debe respetar un ritmo constante y ordenado, a los excrementos que deben ser vendidos para abono, al área de tripería. Nadie puede llamarlos humanos porque sería darles entidad, los llaman producto, o carne, o alimento. Menos él, que quisiera no tener que llamarlos por ningún nombre.

2

El camino a la curtiembre siempre le parece largo. Es un camino de tierra, recto, de kilómetros y kilómetros de campos vacíos. Antes había vacas, ovejas, caballos. Ahora no hay nada, no a simple vista.

Suena el celular. Frena a un costado y atiende a su suegra. Él le dice que no puede hablar, que está manejando. Ella habla en voz baja, en susurros. Le dice que Cecilia está mejor, pero que necesita más tiempo, que todavía no puede volver. Él no contesta. Su suegra corta.

La curtiembre lo oprime por el olor de las aguas servidas con pelo, tierra, aceite, sangre, residuos, grasa y químicos. Y por el Señor Urami.

El paisaje desolado lo obliga a recordar y a preguntarse, una vez más, por qué sigue en esa línea de trabajo. Estuvo sólo un año en el frigorífico El Ciprés, cuando terminó el colegio. Después decidió ir a estudiar veterinaria con aprobación y alegría del padre. Pero la epidemia del virus animal surgió al poco tiempo. Volvió a su casa porque su padre había enloquecido. Los médicos le diagnosticaron demencia senil, pero él sabe que su padre no soportó la

Transición. Muchas personas se dejaron morir bajo la forma de una depresión aguda, otras se disociaron de la realidad, otras simplemente se mataron.

Ve el cartel «Curtiembre Hifu. 3 km». El Señor Urami, el dueño, es un japonés que detesta al mundo en general y ama a la piel en particular.

Mientras maneja por el camino solitario, niega con la cabeza despacio porque no quiere recordar, pero recuerda. El padre hablando de los libros que lo vigilan por la noche, el padre acusando a los vecinos de ser asesinos a sueldo, el padre bailando con su mujer muerta, el padre perdido en el campo, en calzoncillos, cantándole el himno nacional a un árbol, el padre internado en un geriátrico, la venta del frigorífico para pagar las deudas y no perder la casa, la mirada ausente de su padre, aún hoy, cuando lo visita.

Entra en la curtiembre y siente un golpe en el pecho. Es el olor de los químicos que detienen el proceso de descomposición de la piel. Es un olor que asfixia. Todos trabajan en completo silencio. A primera vista pareciera casi trascendental, un silencio zen, pero es por el Señor Urami, que observa desde las alturas de la oficina. No sólo se asoma y controla a los empleados, sino que tiene cámaras por todas partes.

Sube a las oficinas. Nunca tiene que esperar. Invariablemente lo reciben dos secretarias japonesas que, sin preguntarle si lo quiere, le sirven té rojo en una taza transparente. El Señor Urami no mira a la gente. La mide. Siempre sonríe y él siente que, cuando el Señor Urami lo observa, en realidad está calculando cuántos metros de piel puede sacar en limpio si lo sacrifica, lo cuerea y lo descarna ahí mismo.

La oficina es sobria, elegante, pero de la pared cuelga una reproducción barata del Juicio Final de Miguel Ángel. Él la vio muchas veces, pero sólo ese día nota que hay un personaje que sostiene una piel desollada. El Señor Urami lo observa, le mira la cara de desconcierto y, adivinando sus pensamientos, le dice que es un mártir, San Bartolomé, que murió desollado, que le pareció un detalle de color. Él asiente sin decir una palabra porque le parece un detalle innecesario.

El Señor Urami habla, declama como si le estuviese revelando una serie de verdades inconmensurables a una audiencia numerosa. Los labios brillan con su saliva, tiene labios de pez o de sapo. Hay algo de humedad y zigzagueo. Hay algo de anguila en el Señor Urami. Él sólo atina a mirarlo en silencio porque, en esencia, es el mismo discurso que le repite en cada visita. Piensa que el Señor Urami necesita reafirmar con palabras la realidad, como si esas palabras crearan y sostuvieran el mundo en el que vive. Se lo imagina en silencio, mientras lentamente las paredes de la oficina empiezan a desaparecer, el piso se disuelve y las secretarias japonesas se hunden en el aire, se evaporan. Todo esto lo ve porque lo desea, pero es algo que nunca va a pasar porque el Señor Urami habla de números, de los nuevos químicos y tinturas que está probando. Le explica, como si él no lo supiese, lo difícil que es ahora con este producto, que extraña la piel de las vacas. Aunque, le aclara, la piel humana es la más suave de la naturaleza porque su grano es el más pequeño. Levanta el teléfono y dice algo en japonés. Una de las secretarias entra con una carpeta enorme. La abre y le muestra distintos tipos de pieles. Las toca como si fuesen objetos ceremoniales. Le explica cómo evitar los defectos por las heridas que se le hacen al lote en el tránsito, que esta piel es más delicada. Él mira la carpeta. Es la primera vez que se la muestra. El Señor Urami se la acerca, pero él no la toca. El Señor Urami apunta con el dedo una piel muy blanca con marcas y le dice que es una de las pieles que más valen, pero que tuvo que descartar un gran porcentaje por las heridas profundas. Le repite que sólo puede disimular las heridas superficiales. Le dice que armó esa carpeta especialmente para él, para que se la muestre a los del frigorífico y a los del criadero para que tengan en claro a qué pieles tienen que prestarles mayor atención. Se para y saca una lámina de un cajón. Se la entrega y le dice que él ya mandó el nuevo diseño, pero que hay que perfeccionarlo por la importancia del corte al momento del desuello, que un corte mal hecho implica metros de cuero desperdiciado, que el corte tiene que ser simétrico. El Señor Urami vuelve a levantar el teléfono. Una secretaria entra con una tetera transparente. Hace un gesto y la secretaria sirve más té. Él no quiere tomar, pero toma. Las palabras del Señor Urami son medidas, armoniosas. Construyen un mundo pequeño, controlado, lleno de fisuras. Un mundo que puede fracturarse con una palabra inadecuada. Habla sobre la importancia esencial de la desolladora, si está mal calibrada puede desgarrar la piel, que la piel fresca que le mandan del frigorífico necesita más refrigeración para que el descarne posterior sea menos engorroso, de la necesidad de que los lotes estén bien hidratados para que la piel no esté seca, para evitar que se resquebraje, que hay que hablar con los del criadero de eso porque no respetan la dieta hídrica, que el aturdimiento tiene que ser preciso porque, si los sacrifican con descuido, eso después se nota en la piel, que se pone dura y es más difícil de trabajar porque, el Señor Urami remarca, «todo se refleja en la piel, el órgano más grande del cuerpo». La frase la dice con un español exageradamente pronunciado sin dejar de sonreír. Con esa frase termina todos sus discursos y, luego, hace un silencio medido.

Él sabe que no tiene que hablar, sólo asentir, pero hay palabras que le golpean el cerebro, se acumulan, lo vulneran. Quisiera decirle atrocidad, inclemencia, exceso, sadismo. Quisiera que esas palabras desgarraran la sonrisa del Señor Urami, perforaran el silencio regulado, comprimieran el aire hasta asfixiarlos.

Pero se queda mudo y sonríe.

El Señor Urami nunca lo acompaña a la salida, pero esta vez baja con él. Antes de salir, se quedan parados al lado de un depósito de encalado. El Señor Urami controla a un empleado que mete pieles que todavía tienen pelo. Deben ser de un criadero, piensa, porque las del frigorífico las entregan totalmente peladas. El Señor Urami hace un gesto. Aparece el encargado y se pone a gritarle a un operario que está descarnando una piel fresca. Pareciera que lo está haciendo mal. Para justificar la aparente ineficiencia del empleado, el encargado intenta explicarle al Señor Urami que el rodillo de la máquina de descarne se rompió y que no están acostumbrados al descarne manual. El Señor Urami lo interrumpe con otro gesto. El encargado se inclina y se va.

Después caminan hasta el fulón de curtido. El Señor Urami se para y le dice que quiere pieles negras. Sólo eso, sin explicaciones. Él le miente y le contesta que en breve está llegando un lote. El Señor Urami asiente y lo saluda.

Cada vez que sale del edificio tiene la necesidad de quedarse fumando un cigarrillo. Siempre se le acerca un empleado y le cuenta cosas atroces del Señor Urami. Los rumores dicen que asesinaba gente y la cuereaba antes de la Transición, que las paredes de su casa están recubiertas con piel humana, que tiene personas en el sótano y que le da un enorme placer despellejarlas vivas. Él no entiende por qué los empleados le cuentan esas cosas. Todo es posible, piensa, pero lo único que sabe con certeza es que el Señor Urami maneja su negocio con un reinado del terror y que funciona.

Deja la curtiembre y siente alivio. Se pregunta una vez más por qué se expone a eso. Y la respuesta siempre es la misma. Sabe por qué hace este trabajo. Porque él es el mejor y le pagan como tal, porque no sabe hacer otra cosa y porque la salud de su padre lo requiere así.

A veces, uno tiene que cargar con el peso del mundo.

3

Trabajan con varios criaderos, pero él incluye en el circuito de la carne a los que proveen la mayor cantidad de cabezas. Antes trabajaban con el criadero Guerrero Iraola, pero el producto perdió calidad. Algunas cabezas de los lotes que mandaban eran violentas y, cuanto más violentas, más difíciles de aturdir. Visitó el criadero Tod Voldelig cuando tuvo que concretar la primera operación, pero es la primera vez que lo incluye en el recorrido de la carne.

Antes de entrar llama al geriátrico del padre. Lo atiende Nélida, una mujer que se ocupa de cosas que verdaderamente no le interesan con una pasión exagerada. Su voz es eléctrica pero por debajo él percibe un cansancio que la erosiona, la consume. Ella le dice que el padre está bien. Lo llama don Armando. Él le dice que lo va a ir a visitar pronto, que ya le transfirió el dinero de ese mes. Nélida le dice querido, no te preocupes, querido, don Armando está estable, con sus cositas, pero estable. Él le pregunta si por cositas se refiere a episodios. Ella le dice que no se preocupe, que nada que no se pueda manejar.

Corta y se queda unos minutos en el auto. Busca el teléfono de su hermana. Va a llamarla, pero se arrepiente.

Entra al criadero. El Gringo, el dueño, le dice que lo disculpe, que vino un alemán que quiere comprar un lote importante, que le tiene que mostrar el criadero y explicarle porque no entiende nada, es nuevo en el negocio, que le cayó de golpe, que no tuvo tiempo de avisarle. Él le contesta que no importa, que los acompaña.

El Gringo es torpe. Camina como si el aire fuese demasiado espeso para él. No mide la magnitud de su cuerpo. Se choca con las personas, con las cosas. Transpira. Mucho.

Cuando lo conoció pensó que era un error trabajar con ese criadero, pero el Gringo es eficiente y es uno de los pocos que resolvió varios problemas con los lotes. Tiene ese tipo de inteligencia que no necesita de refinamientos.

El Gringo le presenta al alemán. Egmont Schrei. Se saludan con un apretón de manos. Egmont no lo mira a los ojos. Tiene puesto un jean que parece recién comprado y una camisa demasiado limpia. Zapatillas blancas. Parece fuera de lugar con la camisa planchada y el pelo rubio pegado al cráneo. Pero Egmont sabe. No dice una palabra, porque sabe, y esa ropa, que sólo usaría un extranjero que nunca pisó un campo, le sirve para poner la distancia exacta que necesita para planear el negocio.

El Gringo saca el dispositivo de traducción automática. Él conoce esos dispositivos, pero nunca tuvo la necesidad de usar uno. Nunca pudo viajar. Se da cuenta de que es un modelo viejo, que sólo tiene tres o cuatro idiomas. El Gringo le habla al aparato que traduce automáticamente todo al alemán. Le dice que le va a mostrar el criadero, que van a empezar por el padrillo de retajo. Egmont asiente. No muestra las manos. Las tiene en la espalda.

Caminan por pasillos con jaulas tapadas. El Gringo le explica a Egmont que un criadero es un gran almacén viviente de carne y levanta los brazos como si estuviese dándole la clave del negocio. El alemán parece no entender. El Gringo deja de lado las definiciones altisonantes y pasa a explicarle las cosas básicas, como que mantiene a las cabezas separadas, cada una en su jaula, para evitar episodios de violencia, que se lastimen o que se coman los unos a los otros. El aparato traduce con una voz mecánica de mujer. Egmont asiente.

Él no puede dejar de pensar en la ironía. La carne que come carne.

Abre la jaula del padrillo. En el piso hay paja que parece fresca y dos tachos de metal amurados a los barrotes. Uno con agua. El otro, que está vacío, es para el alimento. El Gringo habla al aparato y explica que a ese padrillo de retajo lo crió de chiquito, que es de la Primera Generación Pura. El alemán lo mira con curiosidad. Saca su aparato de traducción. Un modelo nuevo. Le pregunta qué sería la generación pura. El Gringo le explica que las PGP son las cabezas nacidas y criadas en cautiverio y que no tienen modificaciones genéticas ni reciben inyecciones para acelerar el crecimiento. El alemán parece entender y no hace comentarios. El Gringo sigue con lo anterior, que parece que le interesa más, y le explica que los padrillos se compran por la calidad genética. Que él le dice padrillo de retajo, pero que técnicamente no lo es porque sirve a las hembras, se las monta. Pero le dice que él lo llama de retajo porque le detecta a las hembras que están listas para ser fertilizadas. El resto de los padrillos están destinados a llenar de semen las latas donde lo recolectan para la inseminación artificial. El aparato traduce.

Egmont quiere entrar a la jaula, pero se frena antes. El padrillo se mueve, lo mira y el alemán da un paso hacia atrás. El Gringo no se da cuenta de la incomodidad del alemán. Sigue hablando. Dice que a los padrillos los compra dependiendo de la conversión alimenticia y de la calidad de la musculatura, pero que a su orgullo no lo compró, lo crió, aclara por segunda vez. Explica que la inseminación artificial es fundamental para evitar enfermedades y que permite la producción de lotes más homogéneos para los frigoríficos, entre muchos beneficios. El Gringo le guiña un ojo al alemán y remata: vale la inversión sólo si se manejan más de cien cabezas porque el mantenimiento y el personal especializados son caros. El alemán le habla al aparato y le pregunta para qué usan al padrillo de retajo entonces, que estos no son cerdos, ni caballos, son humanos y que por qué el padrillo se las monta, que no debería, que es poco higiénico. La voz que traduce es de hombre. Una voz que parece más natural. El Gringo se ríe algo incómodo. Nadie los llama humanos, no acá, no donde está prohibido. «No, claro, no son cerdos, aunque genéticamente son muy parecidos, pero no tienen el virus.» Se hace un silencio. La voz de la máquina se quiebra. El Gringo la revisa. La golpea un poco y la máquina arranca. «Este macho tiene la habilidad de detectarme los celos silenciosos y me las deja óptimas. Nos dimos cuenta de que si el padrillo se las monta las hembras tienen mejor disposición para la inseminación. Pero tiene hecha una vasectomía para que no me las preñe porque hay que tener el control genético. Además, se lo revisa constantemente. Está limpio y vacunado.»

Él ve cómo el lugar se llena de las palabras dichas por el Gringo. Son palabras livianas, sin peso. Son palabras que se mezclan con las otras, las incomprensibles, con las mecánicas, dichas por una voz artificial, una voz que no sabe que todas esas palabras pueden cubrirlo, hasta sofocarlo.

El alemán mira al padrillo en silencio. Pareciera que en la mirada hay envidia o admiración. Se ríe y dice: «Qué buena vida lleva ese». La máquina traduce. El Gringo lo mira sorprendido y se ríe para disimular la mezcla de irritación y asco. Él ve cómo surgen preguntas que se atascan en el cerebro del Gringo: ¿cómo es capaz de compararse con una cabeza?, ¿cómo puede desear ser eso, un animal? Después de un silencio incómodo y largo el Gringo le contesta: «Por poco tiempo, cuando no sirva más, el padrillo también va a ir al frigorífico».

El Gringo sigue hablando como si no pudiese hacer otra cosa, está nervioso. Él mira cómo las gotas de transpiración se deslizan desde la frente y se detienen, apenas, en los pozos de la cara. Egmont le pregunta si hablan. Dice que le llama la atención tanto silencio. El Gringo le contesta que desde chiquitos los aíslan en incubadoras y después en jaulas. Que les sacan las cuerdas vocales y así los pueden controlar más. Nadie quiere que hablen porque la carne no habla. Que comunicarse se comunican, pero con un lenguaje elemental. Se sabe si tienen frío, calor, esas cosas básicas.

El padrillo se rasca un testículo. En la frente tiene marcadas con hierro caliente una T y una V entrelazadas. Está desnudo, igual que todas las cabezas en todos los criaderos. Tiene una mirada turbia, como si detrás de la imposibilidad de pronunciar palabras se agazapara la locura.

«El año que viene lo presento en la Sociedad Rural», dice el Gringo con tono triunfal y se ríe con un ruido parecido al de una rata rascando una pared. Egmont lo mira sin entender y el Gringo le explica que en la Sociedad Rural se premian a las mejores cabezas, de las razas más puras.

Caminan por las jaulas. Él calcula que en ese galpón habrá más de doscientas. No es el único galpón. El Gringo se le acerca y le pone una mano en el hombro. La mano es pesada. Él siente el calor, la transpiración de esa mano que le está empezando a humedecer la camisa. El Gringo le dice en voz baja:

—Tejo, escuchame, el nuevo lote te lo mando la semana que viene. Carne premium, de exportación. Van algunos PGP.

Él siente la respiración entrecortada cerca de la oreja.

—El mes pasado nos mandaste un lote con dos enfermos. Bromatología no autorizó el envasado. Se los tiramos a los Carroñeros. Krieg me mandó a decirte que si pasa otra vez se va a otro criadero.

El Gringo asiente.

—Termino con el alemán y lo hablamos bien.

Los lleva a la oficina. Acá no hay secretarias japonesas ni té rojo, piensa. Hay poco espacio y paredes de aglomerado. Le da un folleto y le dice que lo lea. Le explica a Egmont que está exportando sangre de un lote especial de hembras preñadas. Le aclara que esa sangre tiene propiedades especiales. Él lee en letras rojas y grandes que el procedimiento reduce la cantidad de horas improductivas de la mercancía.

Piensa: mercancía, otra palabra que oscurece el mundo.

El Gringo sigue hablando. Aclara que los usos de la sangre de embarazadas son infinitos. Que antes el negocio no se explotó porque era ilegal. Que le pagan fortunas porque a las que les saca sangre, invariablemente, terminan abortando porque quedan anémicas. La máquina traduce. Las palabras caen en la mesa con un peso desconcertante. El Gringo le dice a Egmont que ese es un negocio en el que vale la pena invertir.

Él no le contesta. El alemán tampoco. El Gringo se seca la frente con la manga de la camisa. Salen de la oficina.

Pasan por la zona donde están las lecheras. Tienen máquinas que les succionan las ubres, como las llama el Gringo. «La leche que sale de esas ubres es de primera», le dice a la máquina y les ofrece un vaso mientras aclara: «Recién ordeñada». Egmont la prueba. Él niega con la cabeza. El Gringo les cuenta que son mañeras y que tienen una vida útil corta, que se estresan rápido y que cuando ya son inservibles esa carne la tiene que mandar al frigorífico que provee a la comida rápida para sacar algo más de ganancia. El alemán asiente y dice «*sehr schmackhaft*», la máquina traduce «muy sabrosa».

Mientras caminan para la salida pasan por el galpón de las preñadas. Algunas están en jaulas y otras están acostadas en mesas, sin brazos, ni piernas.

Él desvía la mirada. Sabe que en muchos criaderos se inhabilita a las que matan a los fetos golpeándose la panza contra los barrotes, dejando de comer, haciendo lo que sea para que ese bebé no nazca y muera en un frigorífico. Como si supieran, piensa.

El Gringo acelera el paso y le explica cosas a Egmont, que no logra ver a las preñadas en las mesas.

En la sala contigua están los críos en las incubadoras. El alemán se queda mirando las máquinas. Saca fotos.

El Gringo se le acerca. Él siente el olor pegajoso de ese cuerpo que transpira algo enfermo.

—Me preocupa lo que me dijiste de Bromatología. Mañana vuelvo a llamar a los especialistas para que los revisen y si te toca uno de descarte, me llamás y te lo descuento.

Los especialistas, piensa, estudiaron medicina, pero cuando se dedican a revisar los lotes en los criaderos nadie los llama médicos.

—Otra cosa, Gringo, no me ahorres más en camiones para el tránsito. El otro día me llegaron dos medio muertos.

El Gringo asiente.

—Nadie pretende que viajen sentados en primera clase, pero no me los amontones como sacos de harina porque se desmayan, se golpean la cabeza y si se mueren, ¿quién paga? Además, se lastiman y después las curtiembres pagan menos por el cuero. El jefe también está disconforme con eso.

Le da la carpeta del Señor Urami.

—Tené cuidado especialmente con las pieles más claras. Te voy a dejar esta carpeta con las muestras un par de semanas para que fijes bien los valores, y les des un trato especial a los más caros.

El Gringo se pone rojo.

—Tomo nota, no va a volver a pasar. Se me rompió un camión y para cumplir los amontoné un poco más que de costumbre.

Caminan por otro galpón. El Gringo abre una de las jaulas. Saca a una hembra que tiene una soga al cuello.

Le abre la boca. Parece que tiene frío. Tiembla.

—Mirá esta dentadura. Totalmente sanos.

Le levanta los brazos y le abre las piernas. Egmont se acerca a mirarla. El Gringo le habla a la máquina:

—Hay que invertir en vacunas y remedios para mantenerlos sanos. Mucho antibiótico. Todas mis cabezas están con los papeles al día y en orden.

El alemán la mira concentrado. Da vueltas, se agacha, le mira los pies, le abre los dedos. Le habla al aparato que traduce:

—¿Esta es una de la generación purificada?

El Gringo reprime una sonrisa.

—No, esta no es de la Generación Pura. A esta la modificaron genéticamente para que creciera mucho más rápido y eso se complementa con alimento especial y con inyecciones.

—Pero ¿le cambia el gusto?

—Son muy sabrosas. Claro que los PGP son carne de alta gama, pero la calidad de estos es excelente.

El Gringo saca un aparato que parece un tubo. Él los conoce. Los usan en el frigorífico. Le pone la punta del aparato a la hembra en el brazo. Aprieta un botón y la hembra abre la boca con un gesto de dolor. En el brazo le quedó una herida milimétrica, pero que sangra. El Gringo le hace un gesto a un empleado que se acerca a curarla.

Abre el tubo y adentro hay un pedazo de carne del brazo de la hembra. Es alargado, muy pequeño, no más grande que la mitad de un dedo. Se lo entrega al alemán y le dice que lo pruebe. El alemán duda. Pero después de unos segundos lo prueba y sonríe.

—Muy sabrosa, ¿no? Es un bloque sólido de proteínas, además —dice el Gringo a la máquina que traduce.

El alemán asiente.

El Gringo se le acerca y le dice en voz baja:

—Es carne de primera calidad, Tejo.

—Que me mandes alguno con la carne dura te lo puedo disimular con el jefe, que sabe que los aturdidores le pueden pifiar en el golpe, pero con Bromatología no se jode.

—Claro, sí.

—Con los cerdos y vacas aceptaban coimas, pero hoy, olvidate. Todos quedaron paranoicos con lo del virus, ¿entendés? Te denuncian y te cierran el frigorífico.

El Gringo asiente. Agarra la soga y mete a la hembra en la jaula. La hembra pierde el equilibrio y cae en la paja.

Hay olor a asado. Van a la zona de descanso de los peones. Están haciendo un costillar a la cruz. El Gringo le explica a Egmont que el costillar lo empezaron a preparar a las ocho de la mañana «para que la carne se deshaga en la boca», pero que, además, los muchachos están a punto de comer un crío. Le aclara: «Es la carne más tierna que existe, poca, porque no pesa lo mismo que un novillo. Estamos festejando que uno fue padre. ¿Quieren un sándwich?». El alemán asiente. Él dice que no. Todos lo miran sorprendidos. Nadie rechaza esa carne, comerla puede costar un mes de sueldo. El Gringo no dice nada porque sabe que sus ventas dependen de la cantidad de cabezas que él decida comprarle. Uno de los peones corta un pedazo de carne de crío y prepara dos sándwiches. Le agrega una salsa picante, color rojo anaranjado.

Llegan a un galpón más chico. El Gringo abre otra jaula. Les hace una seña para que se asomen. Le dice a la máquina: «Empecé a criar obesos. Los sobrealimento para después venderlos a un frigorífico que se especializa en trabajar con grasa. Te hacen de todo, hasta galletitas gourmet».

El alemán se aleja un poco para comer el sándwich. Lo hace inclinado. No quiere que se le manche la ropa. La salsa cae muy cerca de las zapatillas. El Gringo se acerca para darle un pañuelo, pero Egmont le hace gestos de que está bien, de que el sándwich es rico. Se queda parado, comiendo.

—Gringo, necesito piel negra.

—Justo ahora estoy en tratativas para que me traigan un lote de África. No sos el primero que me lo pide.

—Después te confirmo la cantidad de cabezas.

—Parece que un diseñador famoso sacó una colección con cuero negro y para el invierno que viene explota.

Él se quiere ir. Necesita dejar de escuchar la voz del Gringo. Necesita dejar de ver cómo las palabras se acumulan en el aire.

Pasan por un galpón blanco, nuevo, que él no había visto cuando entró. El Gringo lo señala y le dice a la máquina que está invirtiendo en otro negocio, que va a criar algunos para trasplante de órganos.

Egmont se acerca interesado. El Gringo le da un mordisco al sándwich y con la boca llena de carne le explica: «Aprobaron la ley finalmente. Necesito más permisos y controles, pero es más rendidor. Otro buen negocio para invertir».

Él se despide. No le interesa escuchar más. El alemán le está por dar la mano, pero se la saca cuando ve que está manchada por el aceite del sándwich. Se disculpa con un gesto y susurra «*Entschuldigung*». Sonríe. La máquina no traduce.

Por la comisura del labio le cae despacio la salsa anaranjada que empieza a gotear sobre las zapatillas blancas.

4

Se levanta temprano porque tiene que ir a las carnicerías. Su mujer sigue en lo de la madre.

Entra a un cuarto vacío que sólo tiene una cuna en el centro. Toca la madera de la cuna que es blanca. En la cabecera tiene dibujados un oso y un pato que se abrazan. Están rodeados de ardillas y mariposas y árboles y de un sol que sonríe. No hay nubes, ni humanos. Esa había sido su cuna y fue la cuna de su hijo. Ya no venden productos con animales tiernos, inocentes. Se reemplazaron por barquitos, florcitas, hadas, duendes. Sabe que la tiene que sacar, sabe que la tiene que destrozar y quemar antes de que vuelva su mujer. Pero no puede.

Está tomando mate cuando escucha la bocina de un camión en la entrada de su casa. Se asoma por la ventana y ve las letras en rojo «Tod Voldelig».

Su casa está relativamente aislada. Los vecinos más cercanos viven a dos kilómetros. Para llegar a la casa hay que abrir la tranquera, que él pensó que había dejado cerrada con candado, y recorrer el camino surcado de eucaliptos. Lo sorprende no haber escuchado el motor del camión o haber visto la nube de tierra. Antes tenía perros que corrían a los autos y ladraban. La ausencia de los animales dejó un silencio opresivo, mudo.

Cuando escucha la bocina suelta el mate sobresaltado y se quema.

Alguien aplaude y grita su nombre.

—Buenas. ¿Señor Tejo?

—Buenas, sí, soy yo.

—Le traigo un regalo del Gringo. ¿Me firma?

Él firma sin pensar qué está firmando. El hombre le entrega un sobre y después va al camión. Abre la puerta de atrás, entra y saca una hembra.

—¿Qué es esto?

—Una hembra PGP.

—Llévesela, ¿quiere? Ahora.

El hombre se queda parado sin saber qué hacer. Lo mira con desconcierto. Nadie es capaz de rechazar un regalo así. Con la venta de esa hembra se puede acumular una pequeña fortuna. El hombre tira de la soga que tiene la hembra atada al cuello porque no sabe qué hacer. La hembra se mueve con sumisión.

—No puedo. Si la llevo de vuelta el Gringo me raja.

Ajusta la soga y le da el otro extremo. Como él no atina a agarrarlo, el hombre tira la soga al piso, da unos pasos rápidos, se sube al camión y arranca.

5

—Gringo, ¿qué me mandaste?

—Un regalo.

—Yo las mato, no las crío, ¿entendés?

—Vos tenela un par de días y después nos comemos un asado.

—No tengo tiempo, ni ganas, ni medios para tenerla un par de días.

—Mañana te mando a los muchachos para que la sacrifiquen.

—Si quiero sacrificarla lo hago yo.

—Tema resuelto. Te mandé todos los papeles, por si la querés vender. Está sana, con todas las vacunas al día. También la podés cruzar. Está en la edad reproductiva justa. Pero, lo más importante, es que es una PGP.

Él no le contesta. El Gringo le dice que la hembra es un lujo, le repite que tiene los genes limpios, como si él no lo supiera. Le aclara que es de una partida a la que hace más de un año que le da de comer alimento con base de almendras. «Es para un cliente exigente que me pide que le cultive carne personalizada». Le explica que le cría algunos de más por si se le mueren antes de tiempo. Lo saluda, pero antes le aclara que el regalo es para que él vea cuánto valora hacer negocios con el Frigorífico Krieg.

—Sí, gracias.

Corta con rabia porque en su cerebro está insultando al Gringo y a su regalo de obsecuente. Se sienta y mira la hora. Ya es tarde. Sale y desata a la hembra del árbol donde la había dejado. La hembra no atinó a sacarse la soga del cuello. Claro, piensa, no sabe que puede sacársela. Cuando él se acerca empieza a temblar. Mira al piso. Se orina. La lleva al galpón y la ata en la puerta de un camión roto y oxidado.

Entra a la casa y piensa qué le puede dejar para comer. El Gringo no le mandó alimento balanceado, sólo le mandó un problema. Abre la heladera. Un limón. Tres cervezas. Dos tomates. Medio pepino. Y algo en una cacerola que sobró de algún día. Lo huele y considera que está bien. Es arroz blanco.

Le lleva un tacho con agua y en otro el arroz frío. Cierra la puerta del galpón con el candado y se va.

6

La parte más difícil del recorrido de la carne es ir a las carnicerías porque tiene que ir a la ciudad, porque la tiene que ver a Spanel, porque el calor del cemento no lo deja respirar, porque tiene que respetar el toque de queda, porque los edificios y las plazas y las calles le recuerdan que antes había más personas, muchas más.

Antes de la Transición las carnicerías eran atendidas por empleados mal pagos que, muchas veces, eran obligados por sus patrones a adulterar la carne para poder venderla podrida. Como le dijo uno, cuando él trabajaba en el frigorífico de su padre: «Lo que vendemos está muerto, se está pudriendo y parece que la gente no lo quiere aceptar». Entre mate y mate el empleado le contó los secretos para adulterar la carne y que pareciera fresca, para que no se sintiera el mal olor: «Para la envasada usamos monóxido de carbono, para la de la vitrina mucho frío, lavandina, bicarbonato de sodio, vinagre y condimentos, mucha pimienta». La gente siempre le confesaba cosas. Él cree que es porque sabe escuchar y no le interesa hablar de sí mismo. El empleado le contó que su jefe, para compensar, compraba carne decomisada por Bromatología, algunas reses con gusanos y él tenía que trabajarla y después ponerla en oferta. Le explicó que trabajarla implicaba dejarla mucho tiempo en la heladera para que el frío detuviera el olor. Que lo obligaba a vender carne enferma, con manchas amarillas que él tenía que sacar. El empleado se quería ir, conseguir un trabajo en el frigorífico El Ciprés, que tan buena reputación tenía, le dijo, que él sólo quería un trabajo honesto para mantener a su familia. Le explicó que no soportaba el olor a lavandina, que el olor a pollo podrido lo hacía vomitar, que nunca se sintió tan enfermo y miserable. Que no podía mirar a los ojos a las mujeres humildes que le pedían la carne más barata para hacerles milanesas a sus hijos. Que si no estaba el dueño él les daba la carne más fresca, pero que si estaba les tenía que dar la podrida y después no podía dormir por la culpa. Que ese trabajo lo estaba consumiendo poco a poco. Cuando él se lo informó, su padre decidió no mandar más carne a esa carnicería y contrató al empleado.

Su padre es una persona íntegra, por eso está demente.

Se sube al auto. Suspira, pero enseguida piensa que va a ver a Spanel y sonríe, aunque verla siempre sea complejo.

Mientras maneja, una imagen irrumpe en su cerebro. Es la hembra de su galpón. ¿Qué estará haciendo?, ¿tendrá comida suficiente?, ¿tendrá frío? Insulta al Gringo mentalmente.

Llega a la Carnicería Spanel. Baja del auto. Las veredas de la ciudad están más limpias desde que no hay perros. Y más vacías.

En la ciudad todo es extremo. Voraz.

Con la Transición las carnicerías cerraron y sólo después, con la legitimación del canibalismo, algunas volvieron a abrir. Pero son exclusivas y están atendidas por los dueños que exigen calidad extrema. Son pocos los que llegan a tener dos carnicerías, en ese caso la atiende un pariente o alguien de mucha confianza.

La carne especial de las carnicerías no es accesible y por eso surgió un mercado clandestino donde se vende carne más barata porque no necesita de los controles, ni vacunas y porque es carne fácil, carne con nombre y apellido. Así le dicen a la carne ilegal, a la que se consigue y produce después del toque de queda. Pero también es carne que nunca va a ser genéticamente modificada y controlada para que sea más tierna, más rica y más adictiva.

Spanel fue una de las primeras en reabrir su carnicería. Él sabe que a Spanel el mundo le resulta indiferente. Sólo sabe trozar carne y lo hace con la frialdad de un cirujano. La energía viscosa, el aire frío donde los olores quedan suspendidos, los azulejos blancos que pretenden ratificar la higiene, el delantal manchado de sangre, todo eso le da igual. Para Spanel tocar, cortar, triturar, procesar, deshuesar, despiezar eso que una vez respiró es una tarea automática, pero de precisión. Es una pasión contenida, calculada.

Con la carne especial hubo que adaptarse a nuevos cortes, nuevas medidas y pesos, nuevos gustos. Spanel fue la primera y la más rápida porque manejaba la carne con un desapego escalofriante. Al principio tenía pocos clientes: eran las mucamas de los ricos. Spanel tenía visión de negocios e instaló la primera carnicería en el barrio con mayor poder adquisitivo. Las mucamas agarraban el pedazo de carne con asco y confusión y siempre le aclaraban que las había mandado el patrón o la señora, como si hiciera falta. Ella las miraba con una sonrisa apretada, pero de comprensión y las mucamas siempre volvían por más, cada vez con mayor confianza, hasta que dejaron de dar explicaciones. Con el tiempo, los clientes empezaron a ser más frecuentes. A todos les daba tranquilidad ser atendidos por una mujer.

Lo que ninguno sabe es qué piensa esa mujer. Pero él sabe. Él la conoce bien porque ella también trabajaba en el frigorífico del padre.

Spanel le dice frases extrañas mientras fuma. Él quisiera que la visita dure lo menos posible por el malestar que le genera la intensidad congelada de Spanel. Y Spanel lo retiene, siempre lo retiene, como lo hizo cuando él empezó a trabajar en el frigorífico del padre y lo llevó a la sala de despiece, cuando todos se habían ido.

Él cree que ella no tiene con quién hablar, a quién contarle lo que piensa. También imagina que Spanel estaría dispuesta a acostarse otra vez en la mesa de despiece y que sería tan eficiente y despojada como lo fue cuando él no era todavía un hombre. O no, ahora sería vulnerable y frágil, abriendo los ojos para que él pudiera entrar, ahí, detrás del frío.

Tiene un ayudante al que nunca le escuchó decir una palabra. Es el que hace el trabajo pesado, el que carga las reses a la cámara frigorífica y el que limpia el local. Tiene la mirada de un perro, de lealtad incondicional y fiereza contenida. No sabe su nombre, Spanel nunca le dirige la palabra y cuándo él la visita, generalmente, el Perro aparece poco.

Cuando Spanel abrió la carnicería, imitaba los cortes vacunos tradicionales para que el cambio no fuese tan abrupto. Uno entraba y parecía que estaba en una carnicería de antaño. Con el tiempo fue mutando de manera gradual, pero persistente. Primero fueron las manos envasadas a un costado, disimuladas entre las milanesas a la provenzal, la colita de cuadril y los riñones. El envase tenía la etiqueta de carne especial y, en un apartado, la aclaración de extremidad superior evitando, estratégicamente, poner la palabra mano. Con el tiempo, agregó pies envasados que se presentaban sobre un colchón de lechugas con la etiqueta de extremidad inferior y, más adelante, una bandeja con lenguas, penes, narices, testículos con un cartel que decía «Delicias Spanel».

Al poco tiempo y, basándose en los cortes de los cerdos, la gente empezó a llamar a las extremidades superiores manitos y a las inferiores patitas. Con ese permiso y con esos diminutivos que anulaban el espanto, la industria las catalogó de esa manera.

Hoy ya vende *brochettes* de orejas y dedos a las que apoda «*brochettes* mixtas». Vende licores con glóbulos oculares. Lengua a la vinagreta.

Ella lo lleva a un cuarto que está detrás de la carnicería donde hay una mesa de madera y dos sillas. Están rodeados de heladeras donde guarda las medias reses que saca de la cámara frigorífica para trozar y después vender. Al torso humano le dicen «res». La posibilidad de llamarlo «medio torso» no se considera. En las heladeras también hay brazos y piernas.

Le pide que se siente y le sirve un vaso con vino patero. Él lo toma porque necesita el vino para poder mirarla a los ojos, para no recordar cómo lo empujó sobre la mesa que, normalmente estaba llena de vísceras de vaca pero que, en ese momento, estaba tan limpia como la mesa de un quirófano, y le bajó el pantalón sin decirle una palabra. Cómo se levantó el delantal, todavía manchado de sangre, se subió a la mesa donde él ya estaba acostado y desnudo y se sentó con cuidado sosteniéndose de los ganchos donde transportaban a las vacas.

No es que considere que Spanel sea peligrosa, o loca, o que se la imagine desnuda (porque nunca la vio desnuda), o que haya conocido muy pocas carniceras mujeres y todas ellas le resulten herméticas, imposibles de descifrar. También necesita el vino para poder escucharla con calma porque las palabras de Spanel se le clavan en el cerebro. Son palabras heladas, punzantes, como cuando le dijo «no» y le agarró los brazos y los sostuvo en la mesa con fuerza cuando él intentó tocarla, sacarle el delantal, acariciarle el pelo. O cuando él intentó acercársele al día siguiente y ella sólo le dijo «adiós», sin explicaciones y sin un beso de despedida. Después él se enteró de que había heredado una pequeña fortuna y que con eso compró la carnicería.

Ella firma papeles que él lleva para que certifique su conformidad con el Frigorífico Krieg y ratifique que no adultera la carne. Son formalidades porque se sabe que nadie la adultera, no ahora, no con la carne especial.

Firma y toma vino. Son las diez de la mañana.

Spanel le ofrece un cigarrillo. Se lo prende. Mientras fuman, le dice: «No entiendo por qué nos parece atractiva la sonrisa de una persona. Con la sonrisa uno está mostrando el esqueleto». Él se da cuenta de que nunca la vio sonreír, ni siquiera cuando se agarró de los ganchos y levantó la cara y gritó de placer. Fue un solo grito, un grito bestial y oscuro.

«Sé que cuando me muera alguien va a vender mi carne en el mercado clandestino, alguno de esos parientes lejanos y horribles que tengo. Por eso fumo y tomo, para que el sabor de mi carne sea amargo y nadie disfrute con mi muerte». Da una pitada corta y dice: «Hoy soy la carnicera, mañana puedo ser el ganado». Él toma un trago de golpe y le dice que no entiende, que ella tiene plata, que podría asegurarse la muerte como hacen tantos. Ella lo mira con algo que se parece a la lástima: «Nadie tiene asegurado nada. Que me coman nomás, les voy a causar indigestiones terribles». Abre la boca, sin mostrar los dientes y se escucha un sonido gutural, un sonido que podría ser una carcajada, pero no lo es. «Estoy rodeada de muerte, todo el día, a toda hora», y señala las reses en las heladeras: «Todo indica que mi destino va a ser este, ¿o te creés que no vamos a pagar por esto?». «Entonces, ¿por qué no lo dejás?, ¿por qué no vendés la carnicería y te dedicás a otra cosa?» Lo mira y da una pitada larga. Tarda en contestar, como si la respuesta fuese evidente y no necesitara de palabras. Suelta el humo despacio y le dice: «Quién te dice, quizás un día venda tus costillas a un buen precio. Pero antes probaría una». Él toma más vino y le contesta: «Más te vale, debo ser delicioso». Y sonríe, mostrándole todo el esqueleto. Ella lo mira con ojos helados. Él sabe que se lo dice en serio. También sabe que ese diálogo está prohibido, que esas palabras pueden traerles grandes problemas. Pero él necesita que alguien diga lo que nadie dice.

Suena la campana de la puerta de la carnicería. Un cliente. Spanel se levanta para atender.

Aparece el Perro. Sin mirarlo, saca una media res de la heladera y se la lleva a un cuarto refrigerado, con la puerta de vidrio. Él puede ver todo lo que hace el Perro. Cuelga la media res para que la carne no se contamine. Le arranca las marcas de aprobación del ONSA y empieza a despostar la carne. Hace un corte fino sobre las costillas para sacar un buen matambre. Él ya no se sabe de memoria los cortes como antes. Durante la adaptación se tomaron muchos nombres de los cortes vacunos y se mezclaron con los de los cortes porcinos. Se redactaron nuevos nomencladores y se diseñaron nuevas láminas con los cortes de la carne especial. Esas láminas nunca se exponen al público. El Perro agarra la sierra y corta el cogote.

Spanel entra y sirve más vino. Se sienta y le dice que la gente está volviendo a pedir cerebros, que un médico había confirmado que comer cerebros producía no sé qué enfermedad, una con nombre compuesto, pero que parece que ahora otro grupo de médicos y varias universidades confirmaron que no. Ella sabe que sí, que esa masa viscosa no puede ser buena si no está dentro de una cabeza. Pero va a comprarlos y los va a cortar en fetas. Es una tarea difícil, le dice, porque se resbalan con facilidad. Le pregunta si el pedido de la semana se lo puede encargar a él. No espera a que él responda. Agarra una birome y se pone a escribir. Él no le aclara que le puede mandar el pedido de manera virtual. Le gusta ver cómo Spanel escribe en silencio, concentrada, seria.

La mira fijo mientras ella completa el pedido con letra apretada. Spanel tiene una belleza detenida. Lo inquieta porque hay algo femenino debajo de un aura bestial que se cuida muy bien de mostrar. Hay algo de admirable en ese desapego artificial.

Hay algo en ella que él quisiera romper.

7

En recorridos pasados, después de la Transición, siempre se quedaba en la ciudad, en un hotel, y al día siguiente iba al coto de caza. De esa manera se evitaba algunas horas de manejo. Pero con la hembra en su galpón, tiene que volver.

Antes de salir de la ciudad compra alimento balanceado especial para cabezas domésticas.

Llega a su casa de noche. Baja del auto y va derecho al galpón. Insulta al Gringo. Justo ahora, justo en la semana del recorrido de la carne tiene que traerle este problema. Justo cuando Cecilia no está.

Abre el galpón. Está acurrucada en el piso, en posición fetal. Duerme. Pareciera que tiene frío, a pesar del calor. Se comió el arroz y se tomó el agua. Él la toca apenas con el pie y la hembra se sobresalta. Se protege la cabeza y se acurruca.

Va a la casa y busca unas mantas viejas. Las lleva al galpón y las pone al lado de la hembra. Se lleva los tachos. Carga más agua.

Vuelve al galpón con los tachos llenos. Se queda sentado en un fardo de paja y la mira. Ella se agacha y toma agua despacio.

Nunca lo mira. Su vida es el miedo, piensa.

Sabe que puede criarla, que está permitido. Sabe que hay gente que cría cabezas domésticas y se las van comiendo mientras están vivas, por partes. Dicen que la carne es más sabrosa, bien fresca, aseguran. Ya están a la venta los instructivos que explican cómo, cuándo y dónde cortar para que el producto no muera antes de tiempo.

Tener esclavos está prohibido. Recuerda el caso de una familia que fue denunciada y procesada por tener a diez hembras trabajando en un taller clandestino. Estaban marcadas. Las habían comprado en un criadero y las habían entrenado. Los sacrificaron a todos en el Matadero Municipal. Hembras y familia se convirtieron en carne especial. La prensa cubrió el caso durante semanas. Recuerda la frase que todos repetían escandalizados: «La esclavitud es barbarie».

Ella es nadie y está en mi galpón, piensa.

No sabe qué hacer con esa hembra. Está sucia. Tendría que lavarla, en algún momento.

Cierra la puerta del galpón. Va a la casa. Se desnuda y se mete en la ducha. Podría venderla y sacarse el problema de encima. Podría criarla, inseminarla, empezar con un lote pequeño de cabezas, independizarse del frigorífico. Podría escapar, dejar todo, abandonar al padre, a su mujer, al niño muerto, a la cuna que espera ser destrozada.

8

Se levanta con el llamado de Nélida. Don Armando tuvo una descompensación, querido. Nada grave, pero quiero que estés al tanto. No es necesario que vengas, pero sería lindo. Sabés que tu papá se pone contento por más que no te reconozca todas las veces. Siempre que venís los episodios paran por varios días. Él le dice que gracias por el aviso y que ya va a ir, en algún momento. Corta y se queda en la cama pensando en que no quiere empezar con ese día.

Pone la pava en el fuego y se viste. Mientras toma el primer mate llama al coto de caza. Explica que tiene una emergencia familiar, que los va a volver a llamar para reagendar la visita. Después llama a Krieg y le dice que va a tardar más con el recorrido. Krieg le contesta que se tome el tiempo que necesite, pero que lo está esperando para que entreviste a dos posibles candidatos.

Piensa unos segundos y llama a su hermana. Le dice que el padre está bien, que debería visitarlo. Ella le contesta que está ocupada, que educar dos hijos y mantener la casa le consume todo el tiempo libre, que ya va a ir. Que viviendo en la ciudad es más difícil porque el geriátrico está lejos y ella tiene miedo de llegar después del toque de queda. Se lo dice con desdén, como si el mundo tuviese la culpa de sus elecciones. Después cambia el tono y le dice que no se ven hace mucho, que los quiere invitar a cenar, que cómo está Cecilia, si sigue en lo de la madre. Él le dice que la va a volver a llamar, en algún momento, y corta.

Abre el galpón. La hembra está acostada sobre las mantas. Se despierta sobresaltada. Él se lleva los tachos. Vuelve con agua y alimento balanceado. Ve que la hembra encontró un lugar para hacer sus necesidades. A la vuelta las tengo que limpiar, piensa con cansancio. Casi no la mira porque le resulta un fastidio esa hembra, esa mujer desnuda en su galpón.

Sube al auto y va directo al geriátrico. Nunca le avisa a Nélida que va. Él está pagando por el mejor y el más caro de la zona y considera que tiene derecho a ir sin anunciarse.

El geriátrico queda entre su casa y la ciudad. Está ubicado en una zona residencial de barrios privados. Siempre que va hace una parada unos kilómetros antes.

Estaciona y camina hacia la puerta del zoológico abandonado. Las cadenas que cerraban la reja están rotas. El pasto crecido, las jaulas vacías.

Él sabe que se arriesga al ir ahí porque todavía hay animales que están sueltos. No le importa. Las grandes matanzas fueron en las ciudades, pero por mucho tiempo hubo gente que se aferró a sus mascotas, que no estaba dispuesta a matarlas. Algunas de esas personas se dice que murieron por el virus. Otras abandonaron a sus perros, gatos, caballos en el medio del campo. A él nunca le pasó nada, pero dicen que es peligroso andar solo, sin un arma. Hay jaurías, con hambre.

Camina hasta el foso de los leones. Se sienta en la baranda de piedra. Saca un cigarrillo y lo prende. Mira el espacio desierto.

Recuerda cuando el padre lo llevó. Su padre no sabía qué hacer con ese chico que no lloraba, que no había dicho nada desde la muerte de la madre. La hermana era un bebé, cuidada por niñeras, ajena a todo.

El padre lo llevaba al cine, a la plaza, al circo, a cualquier lugar lejos de la casa, lejos de las fotos de la madre sonriente con el título de arquitecta, de la ropa que seguía colgada en las perchas, de la reproducción del cuadro de Chagall que ella había elegido para poner arriba de la cama. París desde la ventana: hay un gato con cara de humano, un hombre volando con un paracaídas triangular, una ventana colorida, una pareja oscura y un hombre con dos caras y un corazón en la mano. Hay algo que habla de la locura del mundo, una locura que puede ser sonriente, despiadada, aunque todos estén serios. Hoy ese cuadro está en su cuarto.

El zoológico estaba lleno de familias, manzanas con caramelo, algodones de azúcar rosas, amarillos, celestes, risas, globos, muñecos de canguros, ballenas, osos. El padre decía: «Mirá, Marcos, un mono tití. Mirá, Marcos, una serpiente coral. Mirá, Marcos, un tigre». Él miraba sin hablar porque sentía que el padre no tenía palabras, que esas que decía estaban ausentes. Intuía, sin saberlo con certeza, que esas palabras se estaban por quebrar, que las sostenía un hilo muy fino y transparente.

Cuando llegaron al foso de los leones el padre se quedó mirando sin decir nada. Las leonas descansaban al sol. El león no estaba. Alguien les tiró una galletita para animales. Las leonas miraron con indiferencia. Él pensaba que estaban muy lejos, que en ese momento lo único que quería era saltar al foso y acostarse entre las leonas y dormir. Le hubiese gustado acariciarlas. Los chicos gritaban, gruñían, intentaban rugir, la gente se amontonaba, pedía permiso. Pero, de repente, todos hicieron silencio. El león salió de las sombras, de alguna cueva, y caminó con mucha lentitud. Él miró al padre, para decirle: «Papá, el león, está el león, ¿lo ves?». El padre estaba con la cabeza gacha, desdibujándose entre toda esa gente. No estaba llorando, pero él podía ver las lágrimas, ahí, detrás de las palabras que no podía decir.

Termina el cigarrillo y lo tira al foso. Se levanta y se va.

Camina despacio hacia el auto, con las manos en los bolsillos del pantalón. Escucha un aullido. Está lejos. Se queda parado, mirando, para ver si logra ver algo.

Llega al geriátrico Nuevo amanecer. La casona está rodeada de un parque muy cuidado con bancos, árboles y fuentes. Le contaron que antes había patos en un pequeño lago artificial. Hoy el lago desapareció. Los patos también.

Toca el timbre y lo atiende una enfermera. Nunca recuerda los nombres, pero todas recuerdan el de él. «Señor Marcos, ¿cómo le va? Pase, pase que enseguidita le traemos a don Armando».

Él se aseguró de que el geriátrico estuviese atendido exclusivamente por enfermeras. Nada de cuidadoras o nocheras sin estudios y entrenamiento previo. Ahí la conoció a Cecilia.

Lo primero que siente, cada vez que entra, es un leve olor a orina y a remedios. Ese aroma artificial de los químicos que hacen que esos cuerpos sigan respirando. La limpieza del lugar es impecable, pero él sabe que el olor a orina es casi imposible de erradicar con los viejos usando pañales. Él nunca se refiere a los viejos como abuelos.

No todos son abuelos, ni lo serán. Sólo son viejos, gente que vivió muchos años y, quizás, ese sea su único logro.

Lo llevan a la sala de espera. Le ofrecen algo para tomar. Se sienta en un sillón que está frente a un ventanal enorme que da al jardín. Nadie camina por el jardín sin protección. Algunos usan paraguas. Los pájaros no son violentos, pero la gente les tiene pánico. Un pájaro negro se posa en un arbusto pequeño. Escucha un sobresalto. Hay una señora, una vieja, una paciente del geriátrico que lo mira asustada. El pájaro vuela y la vieja murmura algo, como si pudiese protegerse con las palabras. Después se queda dormida en el asiento. Parece recién bañada.

Se acuerda de la película de Hitchcock, *Los pájaros*, de cómo lo había impactado cuando la vio y de cómo lamentó que la prohibieran.

Recuerda cuando la conoció a Cecilia. Él estaba sentado en ese sillón, esperando al padre. Nélida no estaba y fue ella la que le llevó al padre. En esa época el padre caminaba, hablaba, tenía cierta lucidez. Cuando él se paró y la vio no sintió nada en especial. Una enfermera más. Pero cuando ella empezó a hablar, él le prestó atención. Esa voz. Ella hablaba de la dieta especial para don Armando, de cómo estaban cuidando su presión, de los chequeos permanentes que le hacían, de que estaba más tranquilo. Él veía infinidad de luces rodeándolos, sentía que esa voz podía elevarlo. Con esa voz podía salirse del mundo.

Desde que pasó lo del bebé, las palabras de Cecilia tienen agujeros negros, se tragan a sí mismas.

Hay una tele prendida, sin sonido. Pasan un programa viejo donde los participantes tienen que matar gatos con palos. Se arriesgan a morir para ganar un auto. La gente aplaude.

Agarra un folleto del geriátrico. Están en la mesa ratona, al lado de las revistas. En la tapa hay un hombre y una mujer que sonríen. Son viejos, pero no del todo. Antes los folletos mostraban a viejos corriendo felices en un prado, o sentados en un parque con mucho verde. Hoy el fondo es neutro. Pero ellos sonríen como antes. Marcada en rojo dentro de un redondel está la frase «Garantizamos seguridad 24/7». Se sabe que en los geriátricos públicos la mayor parte de los viejos, cuando mueren o cuando los dejan morir, son vendidos al mercado negro. Es la carne más barata que se puede conseguir, porque es carne seca y enferma, llena de fármacos. Carne con nombre y apellido. En algunos casos los mismos familiares, en geriátricos privados o estatales, autorizan a vender el cuerpo y con eso pagan las deudas. Ya no hay más funerales. Es muy difícil controlar que el cuerpo no sea desenterrado y comido, es por eso que muchos de los cementerios se vendieron, otros se abandonaron, algunos quedaron como reliquias de un tiempo en que los muertos podían descansar en paz.

Él no puede permitir que su padre sea despiezado.

Desde la sala de espera puede ver el salón donde descansan los viejos. Están sentados mirando televisión. Es lo que hacen durante la mayor parte del tiempo. Miran televisión y esperan a morirse.

Son pocos. Él se aseguró de eso también. No quería un geriátrico repleto, con viejos descuidados. Pero también son pocos porque es el geriátrico más caro de la ciudad.

El tiempo asfixia en ese lugar. Las horas y los segundos se pegan a la piel, la horadan. Mejor es ignorarlo, aunque no se pueda.

Hola, querido, ¿cómo estás, Marcos? Qué alegría verte. Es Nélida que trae a su padre en una silla de ruedas. Ella lo abraza porque lo quiere, porque todas las enfermeras conocen la historia del hijo dedicado que, además, tuvo el gesto de rescatar a la enfermera y casarse con ella.

Después de la muerte del bebé, Nélida lo empezó a abrazar.

Él se agacha y lo mira a los ojos y le agarra las manos. Le dice: «Hola, papá». El padre tiene la mirada perdida, desolada.

Se levanta y le pregunta a Nélida: «¿Cómo está, mejor? ¿Saben por qué se descompensó?». Nélida le pide que se siente. Deja al padre al costado del sillón mirando al ventanal. Ellos se ubican cerca, en una mesa con dos sillas. Don Armando tuvo otro episodio, querido. Ayer se sacó toda la ropa y cuando Marta, que es la enfermera de la noche, se fue a atender a un abuelo, tu papá se fue a la cocina y se comió toda la torta de cumpleaños que teníamos preparada para un abuelo que cumple noventa. Él disimula una sonrisa. El pájaro negro levanta vuelo y se posa en otro arbusto. El padre lo señala con un gesto de felicidad. Él se para y lleva la silla de ruedas cerca de la ventana. Cuando se vuelve a sentar Nélida lo mira con cariño y lástima. Marcos, vamos a tener que volver a atarlo a la noche. Él asiente. Me tenés que firmar la autorización. Es por el bien de don Armando. Sabés que no me gusta. Tu papá está delicado. No le hace bien comer cualquier cosa. Además, hoy es una torta, mañana un cuchillo.

Nélida se va a buscar los papeles.

Su padre ya casi no habla. Emite sonidos. Quejas.

Las palabras están ahí, encapsuladas. Se pudren, detrás de la locura.

Él se sienta en el sillón mirando al ventanal. Le agarra la mano. El padre lo mira como si no lo conociera, pero no saca la mano.

9

Llega al frigorífico. Es un lugar aislado, rodeado de cercas electrificadas. Las pusieron por los Carroñeros que intentaron entrar muchas veces. Rompieron las cercas cuando no estaban electrificadas, las treparon, se lastimaron sólo para conseguir carne fresca. Ahora se conforman con los sobrantes, con los pedazos que no tienen utilidad comercial, con la carne enferma, con eso que nadie comería, excepto ellos.

Antes de cruzar la puerta se queda unos segundos en el auto mirando el conjunto de edificios. Son blancos, compactos, eficientes. Nada podría indicar que ahí adentro se matan humanos. Recuerda las fotos del matadero de Salamone que le mostró su madre. El edificio está destruido, pero la fachada sigue intacta, con la palabra matadero como un golpe mudo. Enorme, sola, la palabra se resistió a desaparecer. Se opuso a ser despedazada por el clima, por el viento horadando la piedra, por el tiempo carcomiendo la fachada, esa que su madre decía que tenía influencia *art déco*. Las letras grises se destacan por el cielo que está detrás. No importa la forma que tome ese cielo, si es de un azul agobiante o repleto de nubes o de un negro rabioso, la palabra sigue ahí, la palabra que habla de una verdad implacable en un edificio bello. «Matadero» porque ahí se mataba. Ella quería reformar la fachada del frigorífico El Ciprés, pero el padre se negó porque un matadero debería ignorarse, fundirse con el paisaje y nunca llamarse por lo que realmente es.

Oscar, el guarda de la mañana, está leyendo el diario, pero cuando lo ve en el auto lo cierra con rapidez y lo saluda nervioso. Le abre la puerta y le dice, forzando un poco la voz: «Buen día, Señor Tejo, ¿cómo le va?». Él le contesta con un movimiento de cabeza.

Baja del auto y se queda fumando. Apoya los brazos en el techo del auto y se queda quieto, mirando. Se pasa la mano por la frente transpirada.

No hay nada alrededor del frigorífico. Nada a simple vista. Hay un espacio despojado con algunos árboles solitarios y un riachuelo podrido. Tiene calor, pero fuma despacio, alargando los minutos antes de entrar.

Sube directo a la oficina de Krieg. Algunos empleados lo saludan en el camino. Él los saluda casi sin mirarlos. Le da un beso a Mari, la secretaria. Ella le ofrece un café y le dice: «Enseguidita te lo llevo, Marcos, qué alegría verte. El Señor Krieg ya se estaba poniendo nervioso. Le pasa siempre que hacés el recorrido». Él entra a la oficina sin tocar la puerta y se sienta sin pedir permiso. Krieg está hablando por teléfono. Le sonríe y le hace un gesto avisándole que va a cortar enseguida.

Las palabras de Krieg son contundentes pero escasas. Habla poco y despacio.

Krieg es una de esas personas que no está hecha para la vida. Tiene la cara de un retrato fallido que salió mal, el dibujante lo arrugó y lo tiró a la basura. Es alguien que no termina de encajar en ningún lugar. No le interesa el contacto humano y es por eso que su oficina fue reformada. Primero la aisló, de tal manera que sólo su secretaria puede escucharlo y verlo. Después le agregó una puerta más. Esa puerta da a una escalera que lo lleva directo al estacionamiento privado que queda detrás del frigorífico. Los empleados lo ven poco, o nada.

Él sabe que su jefe lleva el negocio a la perfección, que a la hora de hacer números y transacciones es el mejor. Si se trata de conceptos abstractos, de tendencias del mercado, de estadísticas, Krieg se destaca. Sólo le interesan los humanos comestibles, las cabezas, el producto. Pero no le interesan las personas. Detesta saludarlas, sostener pequeñas charlas sin sentido sobre el frío o el calor, tener que escuchar sus problemas, aprenderse sus nombres, registrar si alguien se tomó licencia o si tuvo un hijo. Para eso está él, la mano derecha. Él, a quien todos respetan y quieren porque nadie lo conoce, no de verdad. Pocos saben que perdió un hijo, que su mujer se fue, que su padre se derrumba en un silencio oscuro y demencial.

Nadie sabe que es incapaz de matar a la hembra de su galpón.

10

Krieg corta.

—Tengo a dos candidatos esperando. ¿No los viste cuando entraste?

—No.

—Quiero que les hagas la prueba. Sólo me interesa contratar al mejor.

—Perfecto.

—Después contame las novedades. Esto es más urgente.

Él se levanta para irse. Pero Krieg le hace un gesto para que se siente.

—Hay otro tema. Encontraron a un empleado con una hembra.

—¿Quién?

—Uno de los guardias de la noche.

—No puedo hacer nada. No están a mi cargo.

—Te lo comento porque voy a tener que cambiar de empresa de seguridad, otra vez.

—¿Cómo lo agarraron?

—Con las filmaciones. Ahora las revisamos todas las mañanas.

—¿Y la hembra?

—La violó hasta matarla. La dejó tirada en una jaula común, con el resto. Ni siquiera la puso en la jaula correcta, el muy imbécil.

—¿Y ahora?

—Bromatología y denuncia policial por destrucción de un bien mueble.

—Y la empresa de seguridad tiene que reintegrar el valor de la hembra.

—Sí, eso también, sobre todo porque era una PGP.

Él se levanta y se va. Ve a Mari caminando con el café. Es una mujer que parece frágil, pero sabe que si se lo pidiera ella sola se pondría a faenar la hacienda entera sin que le tiemble un músculo. Le hace un gesto para que se olvide del café y le pide que le presente a los candidatos. Están en la sala de espera, ¿no los viste cuando entraste? Se ofrece a acompañarlo, pero le contesta que va solo.

En la sala de espera hay dos hombres jóvenes que están en silencio. Se presenta y pide que lo acompañen. Les explica que van a hacer un recorrido corto por el frigorífico. Mientras caminan al patio de descarga les pregunta por qué quieren ese trabajo. No espera respuestas elaboradas. Sabe que los candidatos escasean, que el recambio es permanente, que son pocos los que pueden soportar trabajar en ese lugar. Lo que los impulsa es la necesidad de ganar plata, porque se sabe que es un trabajo donde se paga bien. Pero la necesidad los sostiene por poco tiempo. Prefieren ganar menos y hacer otra cosa que no implique limpiar vísceras humanas.

El más alto contesta que necesita la plata, que la novia quedó embarazada y tiene que ahorrar. El otro mira con un silencio pesado. Tarda en contestar y dice que un amigo trabaja en una fábrica de hamburguesas y se lo recomendó. Él no le cree, ni por un segundo.

Llegan al patio de descarga. Hay hombres que levantan con palas los excrementos de la última hacienda que llegó. Los guardan en bolsas. Otros lavan los camiones jaula y el piso con mangueras. Todos están vestidos de blanco, con botas negras de goma y caña alta. Los hombres lo saludan. Él les hace un gesto con la cabeza sin sonreír. El más alto tiene el impulso de taparse la nariz, pero enseguida baja la mano y pregunta por qué guardan los excrementos. El otro mira en silencio. «Es para abono», le contesta.

Les explica que ahí desembarca la hacienda, la pesan y la marcan. También los rapan porque el pelo se vende. Después se los lleva a las jaulas de reposo donde descansan un día. «La carne de una cabeza estresada se pone dura o sabe mal, se transforma en carne de mala calidad», les dice. «Ese es el momento en que se hace la inspección *ante mortem.*» «¿Ante qué?», pregunta el más alto. Explica que cualquier producto que muestre signos de enfermedad tiene que ser retirado. Los dos asienten. «Los separamos en jaulas especiales. Si se recuperan, vuelven a la rueda del faenado y si siguen enfermos, se descartan.» El más alto pregunta: «¿Se descartan quiere decir que se los sacrifica?». «Sí.» «¿Por qué no se las devuelven al criadero?», pregunta el más alto.

«Porque el transporte es caro. Al criadero se le avisa de las cabezas desechadas y después se hacen cuentas.» «¿Por qué no se las cura?» «Porque es demasiada cara la inversión.» «¿Llegan cabezas muertas?», sigue preguntando el más alto. Él lo mira con cierta sorpresa. Los candidatos no suelen hacer ese tipo de preguntas y le parece interesante la novedad. «Pocas, pero cada tanto llegan. En ese caso se le informa a Bromatología y vienen a retirarlas.» Él sabe que esto último es la verdad oficial, por lo tanto, es una verdad relativa. Sabe (porque él lo dispone así) que los empleados dejan algunas cabezas para los Carroñeros que faenan la carne con machetes y se llevan lo que pueden. No les importa que esa carne esté enferma, se arriesgan porque no la pueden comprar. Él hace la vista gorda e intenta tener ese gesto de caridad o de cierta piedad. También lo hace porque es la manera de mantener a los Carroñeros y al hambre apaciguados. El ansia por la carne es peligrosa.

Mientras caminan a la zona de las jaulas de reposo les dice que al principio van a tener que hacer trabajos sencillos, de limpieza y recolección. A medida que demuestren capacidad y lealtad se les van a ir enseñando las otras tareas.

La zona de las jaulas de reposo tiene un olor agrio, penetrante. Él piensa que ese es el olor del miedo. Suben por una escalera que los lleva a un balcón colgante que permite vigilar la hacienda. Les pide que no hablen fuerte porque las cabezas tienen que estar tranquilas, cualquier sonido brusco las altera y si están nerviosas son más difíciles de manejar.

Las jaulas están debajo. Las cabezas todavía están inquietas por el viaje a pesar de que la descarga se hizo muy temprano a la mañana. Se mueven asustadas.

Les explica que, cuando llegan, les dan un baño de aspersión y después las revisan. Tienen que estar en ayuno, les aclara, sólo les damos una dieta hídrica para disminuir el contenido intestinal y reducir el riesgo de contaminación al momento de manipularlas una vez sacrificadas. Trata de calcular la cantidad de veces que repitió esa frase en su vida.

El otro señala cabezas que están marcadas con una cruz verde. «¿Qué significan esas marcas verdes en el pecho?» «Son los elegidos para ir al coto de caza. Los especialistas revisan a las cabezas y eligen a las que tienen mejor estado físico. Los cazadores necesitan presas que les resulten un desafío, las quieren perseguir, no les interesan los blancos fijos». «Claro, por eso la mayoría son machos», dice el más alto. «Sí, las hembras son sumisas en general. Se probó con hembras preñadas y el resultado es bien distinto porque se vuelven feroces. Cada tanto nos piden.» «¿Y los de las cruces negras?», pregunta el otro. «Para el laboratorio.» El otro intenta decir algo más, pero él sigue caminando. No piensa contarle nada sobre ese lugar, sobre el Laboratorio Valka, y, aunque quisiera hacerlo, no podría.

Los empleados que revisan la hacienda lo saludan desde las jaulas. «Mañana van a trasladar a los recién llegados a las jaulas de color azul y de ahí se van directo al sacrificio», les dice, mientras bajan la escalera y caminan a la sala de los boxes.

El otro se demora mirando las cabezas de las jaulas azules. Le hace una seña para que se acerque y le pregunta si a esas las van a sacrificar ese día. Él le contesta que sí. El otro las mira en silencio.

Antes de llegar a la zona de los boxes pasan por unas jaulas especiales de color rojo. Son jaulas amplias y en cada una de ellas hay una sola cabeza. Antes de que le pregunten él les explica que esta es carne de exportación, que son cabezas de la Primera Generación Pura. «Es la carne más cara del mercado, porque lleva muchos años criarla.» Tiene que explicarles que el resto de la carne se modifica genéticamente para que crezca más rápido y sea rentable. «¿Pero, entonces, la carne que comemos es totalmente artificial?, ¿es carne sintética?», le pregunta el más alto. «Bueno, no. No la llamaría artificial, ni sintética. La llamaría modificada. El sabor no es tan diferente al de la carne PGP, aunque la carne PGP es de alta gama para paladares exigentes.» Los dos candidatos se quedan parados en silencio, mirando las jaulas donde las cabezas tienen pintadas en todo el cuerpo las letras PGP. Una sigla por cada año de crecimiento.

El más alto está un poco pálido. Él cree que no va a soportar lo que sigue, que probablemente vomite o se desmaye. Le pregunta si se siente bien. «Sí, bien, bien», le responde. Siempre pasa lo mismo con el candidato más débil. Necesitan la plata, pero no es suficiente.

Él siente un cansancio que podría matarlo, pero sigue caminando.

11

Entran a la zona de los boxes, pero se quedan en la sala de descanso que tiene un ventanal que da a la sala de insensibilización. El lugar es tan blanco que los ciega.

El más alto se sienta y el otro pregunta por qué no pueden entrar a la sala. Él responde que sólo entra el personal autorizado con la ropa de trabajo en regla, que toman todos los recaudos para que la carne no se contamine.

Sergio, uno de los aturdidores, lo saluda y entra a la sala de descanso. Está vestido de blanco, con botas negras, barbijo, delantal de plástico, casco y guantes. Lo abraza. «Tejo querido, ¿dónde estabas?» «Haciendo el recorrido con los clientes y proveedores. Vení que te presento.»

Cada tanto sale a tomar cervezas con Sergio. Le parece un tipo auténtico, uno que no lo mira con media sonrisa porque es la mano derecha del jefe, uno que no está pensando en qué ventaja puede sacar, uno que no tiene reparos en decirle lo que piensa. Cuando murió el bebé, Sergio no lo miró con lástima ni le dijo: «Ahora Leo es un angelito», ni lo miró en silencio sin saber qué hacer, ni lo evitó, ni lo trató diferente. Lo abrazó y se lo llevó a un bar y lo emborrachó y no paró de contarle chistes hasta que los dos lloraron por las carcajadas. El dolor siguió intacto, pero él supo que tenía un amigo. Una vez él le preguntó por qué se dedicaba a aturdir. Sergio le contestó que o eran las cabezas o era su familia. Que no sabía hacer nada más que eso y que pagaban bien. Que cada vez que sentía remordimientos pensaba en sus hijos y en cómo les estaba dando una mejor vida gracias a ese trabajo. Le dijo que con la carne original, si bien no se erradicó, se ayudó a controlar la superpoblación, la pobreza, el hambre. Le dijo que cada uno tiene una función en esta vida y que la función de la carne era ser sacrificada y luego comida. Le dijo que gracias a su trabajo las personas eran alimentadas y él se sentía orgulloso de eso. Y le dijo más, pero él ya no pudo escuchar.

Salieron a festejar cuando su hija mayor entró a la universidad. Él se preguntó, mientras brindaban, cuántas cabezas habían pagado por la educación de los hijos de Sergio, cuántos mazazos tuvo que dar en su vida. Le ofreció que fuera su mano derecha, pero Sergio le contestó contundente: «Prefiero los golpes». Él valoró esa negativa y no le pidió explicaciones porque las palabras de Sergio son simples, claras. Son palabras sin bordes filosos.

Sergio se acerca a los candidatos y les da la mano. «Él hace uno de los trabajos más importantes, que es aturdir cabezas. Las desmaya con un golpe para que después las degüellen. Mostrales, Sergio.»

Les dice a los candidatos que suban a unos escalones construidos debajo de la ventana. De esa manera tienen la altura suficiente para ver lo que pasa dentro del box.

Sergio entra a la sala de boxes y sube a la plataforma. Agarra la maza. Grita: «¡Dale, mandá!». Se abre una puerta guillotina y entra una hembra desnuda que apenas pasa de los veinte años. Está mojada y tiene las manos atadas a la espalda con un precinto de plástico. Está rapada. El espacio del box es estrecho. Moverse le resulta casi imposible. Sergio ajusta el grillete de acero inoxidable, que corre por un riel vertical, a la altura del cuello de la hembra, y lo cierra. La hembra tiembla, se sacude un poco, se quiere soltar. Abre la boca.

Sergio la mira a los ojos y le da pequeñas palmadas en la cabeza que parecen casi una caricia. Le dice algo que ellos no oyen, o le canta. La hembra se queda quieta, más calmada. Sergio levanta la maza y le pega en la frente. Es un golpe seco. Tan rápido y silencioso que es demencial. La hembra se desmaya. Su cuerpo se afloja y, cuando Sergio abre el grillete, el cuerpo cae. Se abre la puerta basculante y la base del box se inclina para expulsar el cuerpo, que se desliza al piso.

Un empleado entra y ata los pies con correas sujetas a cadenas. Le corta el precinto de plástico que aprisiona las manos y toca un botón. El cuerpo se eleva y, con un sistema de rieles, es transportado, boca abajo, a otro cuarto. El empleado mira al cuarto de descanso y lo saluda con un gesto. Él no recuerda el nombre, pero sabe que lo contrató hace un par de meses.

El empleado agarra una manguera y lava el box y el piso manchados con excrementos.

El más alto se baja de los escalones y se sienta en una silla con la cabeza gacha. Él piensa: ahora vomita. Pero se para y se recompone. Entra Sergio con una sonrisa, orgulloso de la demostración. «Y, ¿qué les pareció? ¿Quieren probar?» El otro se acerca y le dice: «Sí, yo», pero Sergio larga una carcajada y le dice: «No, papito, para esto te falta mucho». El otro parece decepcionado. «Te explico, querido. Si me los matás de un golpe, me arruinás la carne. Y si no me los desmayás y entran vivos al sacrificio, también me arruinás la carne. ¿Me comprendés?» Y abraza al otro mientras lo sacude un poco, riéndose. «¡Estos pibes de hoy, Tejo! Se quieren llevar el mundo por delante y no saben ni caminar.» Todos se ríen, menos el otro. Sergio les explica que los principiantes usan la pistola de perno cautivo, «tiene menos margen de error, ¿te das cuenta?, pero la carne no queda tan tiernita. Ricardo, el otro aturdidor que ahora está descansando afuera, usa la pistola y se está entrenando para usar la maza. Está acá hace seis meses». Y remata: «Usar la maza es sólo para los entendidos». El más alto pregunta qué le dijo a la carne, por qué le habló. Él se sorprende de que llame carne a la hembra aturdida, y no cabeza, o producto. Sergio le contesta que cada aturdidor tiene su secreto sobre cómo calmarlos antes de aturdirlos y que cada aturdidor nuevo tiene que encontrar su manera. «¿Por qué no gritan?», dice el más alto. Él no quiere contestar, él quiere estar en otra parte, pero está ahí. Es Sergio el que contesta: «No tienen cuerdas vocales».

El otro se sube a los escalones y mira la sala de los boxes. Apoya las manos en la ventana. Hay ansiedad en la mirada. Hay impaciencia.

Él piensa que ese candidato es peligroso. Alguien con tantas ganas de asesinar es alguien inestable, alguien que no puede asumir la rutina de matar, el gesto automático y desapasionado de faenar humanos.

12

Dejan la sala de descanso. Les explica que van a ir a la zona del sacrificio. «¿Vamos a entrar?», pregunta el otro. Él lo mira con seriedad. «No», le contesta. «No vamos a entrar porque, como te expliqué, no tenemos puesto el equipo reglamentario». El otro mira al piso y no responde. Se mete las manos en los bolsillos del pantalón con impaciencia. Sospecha que el otro puede ser un candidato falso. Cada tanto aparecen personas que se hacen pasar por candidatos sólo para ser testigos de la matanza. Personas que disfrutan con el proceso, que lo ven como una curiosidad, como una anécdota de color que suman a sus vidas. Piensa que son personas que no tienen el coraje de aceptar y asumir el peso de ese trabajo.

Caminan por un pasillo que tiene una ventana alargada que da directo a la sala de degüello. Los operarios están vestidos de blanco, en la sala blanca. Pero la pulcritud aparente está manchada con toneladas de sangre que cae en la cuba de sangrado y salpica las paredes, los trajes, el piso, las manos.

Las cabezas entran por un riel automático. Hay tres cuerpos colgados boca abajo. Uno ya fue degollado y los otros dos esperan su turno. Uno de ellos es la hembra que Sergio acaba de aturdir. El operario toca un botón y el cuerpo que ya se desangró sigue su curso en el riel mientras el otro cuerpo se ubica arriba de la cuba. Con un movimiento rápido le corta el cuello. El cuerpo tiembla un poco. La sangre cae en la cuba. Le mancha el delantal, el pantalón y las botas.

El otro pregunta qué hacen con la sangre. Él decide ignorarlo y no le contesta. El más alto dice: «La usan para hacer fertilizantes». Él lo mira. El más alto le sonríe y le dice que el padre trabajó poco tiempo en un frigorífico de los de antes, que algunas cosas le contó. Esto último, «de los de antes», lo dice bajando la cabeza y la voz, como si sintiera tristeza o resignación. Él le contesta que la sangre de vaca se usaba para hacer fertilizantes. «Esta sangre tiene otros usos», pero no aclara cuáles.

El otro dice: «Y para hacer unas ricas morcillas, ¿o no?». Él lo mira fijo y no le responde.

El operario se distrae hablando con otro empleado.

Él se da cuenta de que el operario está tardando mucho. La hembra que Sergio aturdió se empieza a mover. El operario no la ve. La hembra se sacude con lentitud primero y con más fuerza después. El movimiento es tan violento que logra que los pies se desprendan de las correas que estaban flojas. Cae con un golpe seco. Tiembla en el piso y la piel blanca se mancha con la sangre de los que fueron degollados antes que ella. La hembra levanta un brazo.

Intenta pararse. El operario se da vuelta y la mira con indiferencia. Agarra una pistola de perno cautivo y le dispara en la frente. La vuelve a colgar.

El otro se acerca a la ventana y mira la escena con una media sonrisa. El más alto se tapa la boca.

Él toca el vidrio y el operario se sobresalta. No lo había visto y sabe que el descuido le puede costar el trabajo. Le hace una seña para que salga. El operario pide que lo reemplacen y sale.

Lo saluda por el nombre y le dice que lo que pasó recién no puede volver a pasar. «Esa carne murió con miedo y va a saber mal. Arruinaste el trabajo de Sergio por demorarte.» El operario mira al piso y le dice que fue un descuido, que lo perdone, que no va a volver a pasar. Le contesta que hasta nuevo aviso va a ir a la sala de tripería. El operario no puede disimular una mueca de asco, pero asiente.

La hembra que Sergio aturdió ya se está desangrando. Hay una más que espera a ser degollada.

El más alto se agacha, se queda en cuclillas agarrándose la cabeza con las manos. Él lo palmea en la espalda y le pregunta si está bien. El más alto no le responde, sólo hace un gesto para que le dé un minuto. El otro sigue mirando, fascinado, sin percatarse de lo que pasa. El más alto se para. Está blanco y con gotas de sudor en la frente. Se recupera y sigue mirando.

Ven cómo el cuerpo sin sangre de la hembra se mueve por el riel hasta que un operario suelta las correas de los pies y el cuerpo cae en un tanque de escalde junto a otros cadáveres que flotan en agua hirviendo. Otro empleado los hunde con un palo y los mueve. El más alto pregunta si, al hundirlos, los pulmones no se llenan de agua contaminada. Él piensa: «tipo inteligente» y le explica que sí, poca agua porque ya no respiran, pero que la próxima inversión del frigorífico va a ser comprar una máquina de escaldado por aspersión. «En esas máquinas el escaldado es individual y vertical», le aclara.

El operario coloca uno de los cuerpos que flotan en la parrilla contenedora de carga, que se levanta, y lo arroja a la cuba de escaldado donde empieza a dar vueltas mientras un conjunto de rodillos con paletas lo depilan. A él lo sigue impresionando ver esa parte del procedimiento. Los cuerpos dan vueltas a toda velocidad, pareciera como si estuviesen bailando una danza extraña y críptica.

13

Les hace un gesto para que lo sigan. Van a ir a la sala de tripería. Mientras caminan muy despacio les dice que el producto se usa casi en su totalidad. «Prácticamente nada se desperdicia.» El otro se queda mirando cómo un operario repasa los cadáveres que fueron escaldados con un soplete. Así, completamente pelados, los pueden eviscerar.

Antes de llegar a la sala de tripería pasan por el cuarto de despiece. Todas las salas están conectadas por el riel que va moviendo los cuerpos para que pasen por cada una de las etapas. Por las ventanas alargadas pueden ver cómo a la hembra que aturdió Sergio le cortan la cabeza y las extremidades con una sierra.

Se quedan parados, mirando.

Un operario agarra la cabeza y la lleva a otra mesa donde le saca los ojos, que coloca sobre una bandeja con un cartel que dice «Ojos». Le abre la boca y le corta la lengua y la deposita en una bandeja con un cartel que dice «Lenguas». Le corta las orejas y las pone en una bandeja con un cartel que dice «Orejas». El operario agarra un punzón y una maza y con cuidado va dando golpes sobre la parte inferior de la cabeza. Lo hace hasta que rompe un fragmento del cráneo y, con cuidado, saca el cerebro y lo deja en una bandeja con un cartel que dice «Cerebros».

La cabeza, ahora vacía, la pone en hielo en un cajón que dice «Cabezas».

«¿Qué hacen con las cabezas?», pregunta el otro con cierta excitación contenida. Él contesta de manera automática: «Hay muchos usos. Uno de ellos es mandarlas a distintas provincias donde hacen cabeza al pozo o cabezas guateadas». El más alto aclara: «No las probé, pero dicen que son muy ricas. Poca carne, barata y sabrosa si la hacen bien».

Otro operario ya juntó las manos y los pies y los guardó limpios en los cajones con sus respectivas etiquetas. Los brazos y las piernas se venden junto con las reses a las carnicerías. Él explica que todos los productos son lavados y revisados por inspectores antes de refrigerarlos. Señala a un hombre, vestido como el resto, pero con una carpeta en la que anota datos y con un sello de certificación que cada tanto saca y usa.

La hembra que Sergio aturdió ya está desollada e irreconocible. Sin la piel y sin las extremidades está por convertirse en una res. Ven cómo un operario levanta la piel que le fue sacada por una máquina y la estira con cuidado en cajones largos.

Siguen caminando. Las ventanas alargadas ahora dan a la sala intermedia o de despiece. Los cuerpos desollados se mueven en los rieles. Los operarios hacen un corte preciso desde el pubis hasta el plexo solar. El más alto pregunta por qué hay dos operarios por cada cuerpo. Él responde que uno hace el corte y el otro cose el ano para evitar cualquier expulsión que contamine el producto. El otro se ríe y dice: «No me gustaría tener ese trabajo». Él piensa que ni ese trabajo le daría. El más alto también está cansándose del otro y lo mira con desprecio.

Los intestinos, estómagos, páncreas caen en una mesa de acero inoxidable y son llevados a la sala de tripería por empleados.

Los cuerpos abiertos se mueven en los rieles. En otra mesa un operario corta la cavidad superior. Saca los riñones, el hígado, separa las costillas, corta el corazón, el esófago y los pulmones.

Siguen caminando. Llegan a la sala de tripería. Hay mesas de acero inoxidable con tubos por los que sale agua. En las mesas hay vísceras blancas. Los operarios las mueven y las vísceras se resbalan en el agua. Parecen un mar en ebullición lenta, que se mueve a un ritmo propio. Los empleados las revisan, limpian, destapan, desarman, califican, cortan, calibran y guardan. Ellos ven cómo los operarios levantan las tripas y las cubren con capas de sal para guardarlas en cajones. Ven cómo desorillan la grasa mesentérica. Ven cómo inyectan aire comprimido en las tripas para revisar que no haya pinchaduras. Ven cómo lavan los estómagos y los cortan para que salga un contenido amorfo, entre marrón y verde, que es desechado. Ven cómo limpian esos estómagos vacíos y rotos, cómo los secan, los reducen, los cortan en tiras y los comprimen para que sean algo parecido a una esponja comestible.

En otra sala, más chica, ven las vísceras rojas colgadas de ganchos. Las revisan, las lavan, las certifican, las guardan.

Él siempre se pregunta cómo será dedicarse gran parte del día a guardar corazones humanos en una caja. ¿En qué pensarán esos operarios? ¿Tendrán conciencia de que eso que tienen en sus manos estuvo latiendo hace unos momentos? ¿Les importará? Y después piensa que él también dedica gran parte de su vida a supervisar cómo un grupo de personas, bajo sus órdenes, degüellan, evisceran y cortan a mujeres y hombres con la mayor naturalidad. Uno se puede acostumbrar a casi cualquier cosa, excepto a la muerte de un hijo.

¿Cuántas cabezas tienen que matar por mes para que él pague el geriátrico del padre? ¿Cuántos humanos tienen que sacrificar para que él olvide cómo acostó en la cuna a Leo, lo arropó, le cantó una canción y al día siguiente amaneció muerto? ¿Cuántos corazones tienen que ser guardados en cajas para que el dolor se transforme en otra cosa? Pero el dolor, intuye, es lo único que lo hace seguir respirando.

Sin la tristeza, no le queda nada.

14

Les explica a los candidatos que están llegando al final del proceso de faenado. Van a ir a la sala donde se dividen las reses. Por una ventana cuadrada y pequeña pueden ver una sala más estrecha, pero igual de blanca e iluminada que las anteriores. Dos hombres con motosierras, vestidos con el equipo reglamentario pero con cascos y botas de plástico negras, cortan por la mitad los cuerpos. Tienen viseras de plástico que les cubren la cara. Parecen concentrados. Otros empleados revisan y guardan las columnas vertebrales que fueron retiradas antes del corte.

Uno de los sierristas lo mira y no lo saluda. Es Pedro Manzanillo. Agarra la motosierra y corta un cuerpo con más ímpetu, pareciera que con rabia, pero lo hace con precisión. Él sabe que su presencia siempre altera a Manzanillo. Trata de no cruzárselo, pero es inevitable.

Les explica a los candidatos que después del corte las medias reses se lavan, inspeccionan, sellan, pesan y se depositan en la cámara de oreo para que reciban el suficiente frío. «Pero, con el frío, ¿la carne no se pone dura?», pregunta el otro. Él les explica los procesos químicos por los cuales la carne, gracias al frío, queda tierna. Nombra palabras cómo ácido láctico, miosina, ATP, glucógeno, enzimas. El otro asiente como si entendiera. «Nuestro trabajo termina cuando las distintas partes del producto se transportan a los respectivos destinos», dice para cerrar el recorrido y salir a fumar.

Manzanillo deja la motosierra en una mesa y lo vuelve a mirar. Él le sostiene la mirada porque sabe que hizo lo que tenía que hacer y no siente culpa. Manzanillo trabajaba con otro sierrista al que le decían Elenci, porque era como una enciclopedia. Sabía el significado de palabras complejas y en los descansos siempre estaba leyendo un libro y cuando, al principio, se reían, él les contaba el argumento de lo que leía y todos se quedaban fascinados escuchándolo. Con Manzanillo eran como hermanos. Vivían en el mismo barrio, las mujeres y los hijos eran amigos. Llegaban juntos al trabajo y hacían un buen equipo. Pero Elenci empezó a cambiar. De a poco. Al principio sólo él lo notó. Lo veía más callado. En los descansos se quedaba mirando la hacienda en las jaulas de reposo. Bajó de peso. Tenía ojeras. Empezó a demorarse en el corte de las reses. Se enfermaba y faltaba al trabajo. Un día él lo encaró y le preguntó qué le estaba pasando, pero Elenci le contestó que nada. Al día siguiente pareció que todo había vuelto a la normalidad y por un tiempo él pensó que estaba bien. Hasta que una tarde Elenci avisó que se tomaba un descanso, pero se llevó la motosierra sin que nadie se diera cuenta. Fue a las jaulas de reposo y las empezó a abrir. A todo operario que se acercaba para pararlo lo amenazaba con la motosierra. Algunas cabezas escaparon, pero la mayoría se quedó en las jaulas. Estaban confundidas y aterradas. Elenci les gritaba: «No son animales. Los van a matar. Corran. Se tienen que escapar», como si las cabezas pudiesen entender lo que les decía. Alguien logró golpearlo con una maza y cayó inconsciente. Su acción subversiva sólo logró retrasar algunas horas la faena. Los únicos que se beneficiaron fueron los empleados que pudieron descansar de las tareas y distraerse con la interrupción. Las cabezas que se escaparon no llegaron muy lejos y fueron devueltas a las jaulas.

Tuvo que despedir a Elenci porque a alguien quebrado no se lo puede reparar. Sin embargo, habló con Krieg para que le gestionara y costeara atención psicológica, pero al mes Elenci se pegó un tiro. La mujer y los hijos se tuvieron que ir del barrio y, desde entonces, Manzanillo lo mira con odio verdadero. Él lo respeta por eso. Se va a preocupar cuando deje de mirarlo, cuando el odio no lo sostenga más. Porque el odio da fuerzas para seguir, mantiene la estructura frágil, entreteje los hilos para que el vacío no lo ocupe todo. Quisiera poder odiar a alguien por la muerte de su hijo. Pero ¿a quién puede culpar por una muerte súbita? Intentó odiar a Dios, pero él no cree en Dios. Intentó odiar a la humanidad entera por ser tan frágil y efímera, pero no lo pudo sostener, porque odiar a todos es lo mismo que odiar a nadie. También quisiera poder quebrarse como Elenci, pero su derrumbe nunca termina de suceder.

El otro está callado, con la cara pegada a la ventana, mirando cómo cortan en dos los cuerpos. Tiene una sonrisa que ya no disimula. Él quisiera poder sentir eso. Quisiera poder sentir felicidad, o excitación, cuando decide ascender a un operario que lavaba la sangre de los pisos a clasificar y guardar órganos en cajas. O quisiera, al menos, que todo le resultase indiferente. Lo mira mejor y ve que el otro tiene escondido un celular que disimula con la campera. ¿Cómo es posible si los revisa la gente de seguridad, les piden los celulares y les avisan que no pueden filmar ni sacar fotos? Se acerca y le saca el celular. Lo tira al piso, lo rompe. Lo agarra del brazo con fuerza y le dice al oído con rabia contenida: «No vengas nunca más. Voy a mandar tus datos y tu foto a todos los frigoríficos que conozco». El otro se da vuelta y en ningún momento hay sorpresa, ni vergüenza, ni palabras. Lo mira con descaro y le sonríe.

15

Lleva a los candidatos a la salida. Antes, llama al jefe de seguridad y le dice que se lleve al otro. Le explica lo que pasó y el jefe de seguridad le dice que se quede tranquilo, que él se ocupa. Él le dice que después tienen que hablar, que esto no debería haber pasado. Toma nota mental para hablarlo con Krieg. La tercerización de la seguridad es un error, ya se lo dijo, pero se lo va a tener que decir otra vez.

El otro ya no sonríe, pero tampoco se resiste cuando se lo llevan.

Despide al más alto con un apretón de manos y le dice: «Te vamos a estar llamando». El más alto le agradece sin demasiada convicción. Pasa siempre, piensa, pero otra reacción sería extraña.

Nadie que esté realmente cuerdo se alegraría por hacer ese trabajo.

16

Se queda afuera fumando antes de subir y de pasarle los informes a Krieg. Le suena el celular. Es su suegra. Atiende y dice «hola, Graciela» sin mirar la pantalla, pero del otro lado hay un silencio grave, intenso. Entonces sabe que es Cecilia.

—Hola, Marcos.

Es la primera vez que lo llama desde que se fue a lo de la madre. La ve demacrada.

—Hola.

Sabe que va a ser una conversación difícil. Le da otra pitada al cigarrillo.

—¿Cómo estás?

—Acá en el frigorífico. ¿Vos?

Ella tarda en responder, tarda mucho.

—Sí, veo que estás ahí.

Pero no está mirando la pantalla. Se queda callada unos segundos y sin mirarlo a los ojos le dice:

—Mal, sigo mal. No creo que pueda volver todavía.

—¿Por qué no dejás que te visite?

—Necesito estar sola.

—Te extraño.

Las palabras son un agujero negro, un agujero que absorbe cualquier sonido, cualquier partícula, cualquier respiración. Ella no le contesta. Él le dice:

—A mí también me pasó. Yo también lo perdí.

Ella llora en silencio. Tapa la pantalla con una mano y él escucha cómo ella susurra «no puedo más». Hay un abismo, una caída libre con aristas. Ella le pasa el teléfono a la madre.

—Hola, Marcos. Está muy mal, perdonala.

—Sí, Graciela, está bien.

—Te mando un beso. Ya va a estar mejor.

Y cortan.

Él se queda un rato más sentado. Los empleados pasan y lo miran, pero no lo molestan. Está en una de las zonas de descanso, al aire libre, donde se puede fumar. Mira cómo se mueven las copas de los árboles con el viento que lo alivia un poco del calor. Le gusta el ritmo, el sonido de las hojas que chocan unas con otras. Son pocos, cuatro árboles en el medio de la nada, pero están pegados unos a otros.

Sabe que Cecilia nunca va a estar mejor. Sabe que está rota, sus pedazos no tienen posibilidad de unión.

Lo primero que recuerda es la medicación en la heladera. Cómo la llevaron en un recipiente especial cuidando que no se cortara la cadena de frío, ilusionados, muy endeudados. Recuerda la primera inyección que ella le pidió que le diera en la panza. Ella había dado millones, trillones, incontables inyecciones, pero quería que él inaugurara el ritual, el origen de todo. A él le temblaba un poco la mano porque no quería que ella sintiera dolor, pero ella le decía: «Dale, inyectá, amor, dale con ganas, no pasa nada». Ella se agarró un pliegue de la panza y él la inyectó y ella sintió dolor, sí, porque la medicación estaba fría y sentía cómo le entraba en el cuerpo, pero lo disimuló con una sonrisa porque era el comienzo de la posibilidad, del futuro.

Las palabras de Cecilia eran como un río de luces, un torrente aéreo, parecían luciérnagas resplandecientes. Ella le decía, cuando todavía no sabían que iban a tener que recurrir a los tratamientos, que quería que sus hijos tuviesen los ojos de él pero la nariz de ella, la boca de él pero el pelo de ella. Él se reía porque ella se reía y, con su risa, el padre y el geriátrico, el frigorífico y las cabezas, la sangre y los golpes secos del aturdidor desaparecían.

La otra imagen que se le aparece como un estallido es la de la cara de Cecilia cuando abrió el sobre y vio los resultados del estudio de antimulleriana. No entendía, ¿un número tan bajo? Y miraba el papel sin poder decir nada, hasta que habló muy despacio, «soy joven, debería producir más óvulos», pero lo dijo desde el desconcierto porque ella, que era enfermera, sabía que la juventud no era garantía de nada. Lo miró pidiendo ayuda con los ojos y él agarró el papel, lo dobló y lo dejó en la mesa y le dijo que no se preocupara, que iba a estar todo bien. Ella empezó a llorar y él sólo la abrazó y le dio besos en la frente y en la cara mientras le decía «va a estar todo bien», aunque sabía que no era así.

Después vinieron más inyecciones, pastillas, óvulos de mala calidad, baños y pantallas con mujeres desnudas y la presión de llenar el vaso de plástico, bautismos a los que no asistieron, la pregunta «¿y, para cuándo el primer hijo?» que se repetía hasta el cansancio, quirófanos donde no lo dejaron entrar para agarrarle la mano a ella y que no se sintiera tan sola, más deudas, los bebés de los otros, de los que sí podían, retención de líquidos, cambios de humor, discusiones sobre la posibilidad de adoptar, llamadas del banco, cumpleaños infantiles de los que querían escapar, más hormonas, el cansancio crónico y más óvulos que no se fertilizaban, llantos, palabras hirientes, días de la madre en silencio, la esperanza de un embrión, la lista de nombres posibles: Leonardo si era varón, Aria si era mujer, pruebas de embarazo tiradas al tacho con impotencia, peleas, la búsqueda de una donante de óvulos, las dudas sobre la identidad genética, cartas del banco, la espera, miedos, la aceptación de que la maternidad no tiene que ver con los cromosomas, la hipoteca, el embarazo, el nacimiento, la euforia, la felicidad, la muerte.

17

Vuelve a la casa tarde.

Abre la puerta del galpón. Ve que la hembra está acurrucada, durmiendo. Le cambia el agua y le repone la comida. Ella se despierta sobresaltada por el sonido de la comida balanceada chocando contra el plato de metal. No se acerca. Lo mira con temor.

Piensa que la tiene que bañar, pero no ahora, no hoy. Hoy tiene algo más importante para hacer.

Se va del galpón y deja la puerta abierta. La hembra lo sigue despacio. La soga la frena en la entrada al galpón.

Entra en la casa y va directo al cuarto del hijo. Agarra la cuna y la deja en medio del pasto. Entra al galpón y busca el hacha y el querosén. La hembra se queda parada, mirándolo.

Se queda paralizado al lado de la cuna en el medio de la noche estrellada. Esas luces en el cielo, con toda su belleza atroz, lo aplastan. Entra a la casa y abre una botella de whisky.

Se para al lado de la cuna y no llora. La mira y toma de la botella. Usa el hacha primero. Necesita destrozarla. La rompe mientras recuerda los piecitos de Leo en sus manos, apenas nació.

Después le tira querosén y prende un fósforo. Toma más. El cielo parece un océano quieto.

Mira cómo desaparecen los dibujos pintados a mano. El oso y el pato abrazados se queman, pierden la forma, se evaporan.

Ve a la hembra mirándolo. Parece fascinada por el fuego. Entra al galpón y la hembra se acurruca, asustada. Se queda parado balanceándose. La hembra tiembla. ¿Y si la destroza también a ella? Es suya, puede hacer lo que quiera. Puede matarla, puede faenarla, puede hacerla sufrir. Él agarra el hacha. La mira en silencio. Esa hembra es un problema. Levanta el hacha. Se acerca y corta la soga.

Sale y se queda acostado en el pasto bajo el silencio de esas luces en el cielo, millones, heladas, muertas. El cielo es de vidrio, un vidrio opaco y sólido. La luna parece un dios extraño.

Ya no le importa que la hembra se escape. Ya no le importa que Cecilia vuelva.

Lo último que ve es la puerta del galpón y a la hembra, a esa mujer, que lo mira. Parece que llora. Pero no puede entender lo que pasa, no sabe lo que es una cuna. No sabe nada.

Cuando sólo quedan brasas, él ya está dormido en el pasto.

18

Abre los ojos, pero los vuelve a cerrar. La luz lo lastima. Le duele la cabeza. Tiene calor. Siente punzadas en la sien derecha. Se queda quieto, tratando de recordar por qué está afuera. Una imagen difusa se le viene a la mente. Una piedra en el pecho. Esa es la imagen. Es el sueño que tuvo. Se sienta con los ojos todavía cerrados. Intenta abrirlos, pero no puede. Apoya la cabeza sobre las rodillas y se las abraza. Se queda unos segundos quieto. Tiene la mente en blanco, hasta que recuerda el sueño con una claridad aterradora.

Entra desnudo a un cuarto vacío. Las paredes están manchadas de humedad y de algo marrón que parece sangre. El piso está sucio y roto. El padre está en una esquina, sentado en un banco de madera. Está desnudo y mira el suelo. Él intenta acercarse, pero no puede moverse. Trata de llamarlo, pero no puede hablar. En la otra esquina hay un lobo comiendo carne. Cada vez que él lo mira el lobo levanta la cabeza y gruñe. Le muestra los colmillos. Lo que está comiendo el lobo se mueve, está vivo. Mira mejor. Es su hijo, que llora sin emitir ningún sonido. Se desespera. Quiere salvarlo, pero está inmóvil, mudo. Intenta gritar. El padre se para y camina en círculos por el cuarto, sin mirarlo, sin mirar a su nieto siendo despedazado por el lobo. Él llora sin lágrimas, grita, quiere salirse del cuerpo pero no puede. Un hombre aparece con una sierra. Podría ser Manzanillo, pero no puede verle la cara. Está borroneada. Hay una luz, un sol que cuelga del techo. El sol se mueve, creando una elipse de luz amarilla. Deja de pensar en el hijo, como si nunca hubiese existido. El hombre que podría ser Manzanillo le corta el pecho. Se lo abre. Él no siente nada. Examina si el trabajo está bien hecho. Le da la mano para felicitarlo. Entra Sergio y lo mira con atención. Parece muy concentrado. No le habla. Se agacha y le mete la mano en el pecho. Revisa, mueve los dedos, revuelve. Le arranca el corazón. Come un pedazo. La sangre le chorrea de la boca. El corazón sigue latiendo, pero Sergio lo tira al piso. Mientras lo aplasta, le dice al oído: «No hay nada peor que no poder verse a uno mismo». Cecilia entra al cuarto con una piedra negra. Tiene la cara de Spanel, pero él sabe que es Cecilia. Sonríe. El sol se mueve más rápido. La elipse se agranda. La piedra brilla. Late. El lobo aúlla. El padre se sienta mirando al suelo. Cecilia le abre más el pecho y le mete la piedra. Está hermosa, nunca la vio tan radiante. Ella se da vuelta, él no quiere que se vaya. Intenta llamarla, pero no puede. Cecilia lo mira con felicidad, agarra una maza y lo aturde, justo en el centro de la frente. Él cae, pero el piso se abre y sigue cayendo porque la piedra del pecho lo hunde en un abismo blanco.

Levanta la cabeza y abre los ojos. Los vuelve a cerrar. Nunca recuerda los sueños, no con tanta claridad. Junta las manos en la nuca. Es sólo un sueño, piensa, pero lo atraviesa una sensación de inestabilidad. Un miedo arcaico.

Mira a un costado y ve las cenizas de la cuna. Mira al otro costado y ve a la hembra acostada muy cerca de su cuerpo. Se para sobresaltado, pero se balancea y se vuelve a sentar. ¿Qué hice? ¿Por qué está suelta? ¿Por qué no se escapó? ¿Qué hace durmiendo a mi lado?

Duerme acurrucada. Parece tranquila. La piel blanca de la hembra brilla con el sol. Va a tocarla, quiere tocarla, pero la hembra tiembla apenas, como si estuviese soñando, y saca la mano. Le mira la frente, marcada a fuego. El símbolo de propiedad, de valor.

Le mira el pelo lacio que todavía no fue cortado y vendido. Es largo, está sucio.

Hay cierta pureza en ese ser imposibilitado de hablar, piensa mientras con un dedo sigue el contorno del hombro, de un brazo, de la cadera, de las piernas hasta llegar a los pies. No la toca. El dedo está a un centímetro de la piel, a un centímetro de las siglas PGP que se desparraman por todo el cuerpo. Es hermosa, piensa, pero tiene una belleza inservible. No por ser bella va a ser más sabrosa. No se sorprende de este pensamiento, ni siquiera se detiene en él. Es lo que piensa siempre que se cruza con una cabeza que le llama la atención en el frigorífico. Alguna hembra que se destaca entre las tantas que pasan todos los días.

Se acuesta a su lado, muy cerca, sin rozarla. Siente el calor del cuerpo, la respiración lenta, pausada. Se acerca un poco más. Respira a su ritmo. Despacio, más despacio. Siente su olor. Es fuerte porque está sucia, pero le gusta, parece el olor intoxicante de los jazmines, salvaje y agudo, alegre. Su respiración se acelera. Hay algo que lo excita, esa cercanía, esa posibilidad.

Se levanta de un golpe. La hembra se despierta sobresaltada y lo mira confundida. Él la agarra del brazo y la lleva sin violencia, pero con decisión, al galpón. Cierra la puerta y se va a la casa. Se baña rápido, se lava los dientes, se cambia, toma dos aspirinas y se sube al auto.

Hoy es su día de descanso, pero maneja hasta la ciudad, sin pensar, sin parar.

Llega a la carnicería Spanel. Es muy temprano y todavía no está abierta. Pero él sabe que ella duerme ahí. Le toca el timbre y abre el Perro. Lo empuja sin saludarlo y va directo al cuarto que está detrás. Cierra la puerta. La traba.

Spanel está parada al lado de la mesa de madera, muy tranquila, como si lo hubiese estado esperando. No parece sorprendida. Sostiene un cuchillo con el que está cortando un brazo que cuelga de un gancho. Parece muy fresco, como si se lo hubiese arrancado a alguien hace unos momentos. No es un brazo de un frigorífico porque no está desangrado, ni desollado. La mesa tiene sangre, el piso también. Las gotas caen, despacio. Se está formando un charco y el sonido de las gotas que caen de la mesa y chocan contra el piso es lo único que se escucha.

Se acerca. Parece que le va a decir algo, pero le mete una mano en el pelo y agarra a Spanel de la nuca. La sostiene con fuerza y la besa. El beso es voraz, al principio, rabioso. Ella intenta resistirse, pero sólo un poco. Él le arranca el delantal manchado de sangre y la vuelve a besar. La besa como si quisiera romperla, pero lo hace despacio. Le desprende la camisa mientras le muerde el cuello. Ella se arquea, tiembla, pero no emite ningún sonido. La da vuelta y la tira contra la mesa. Le baja los pantalones y le corre la bombacha. Ella respira con fuerza esperando, pero él decide que la va a hacer sufrir, que quiere entrar ahí, detrás del frío, de las palabras cortantes. Spanel lo mira pidiéndole, rogando casi, pero él la ignora. Camina al otro extremo de la mesa, la agarra de los pelos y la obliga a abrirle el cierre del jean con la boca. La sangre que gotea del brazo cae muy cerca del borde de la mesa, entre los labios de ella y la entrepierna de él. Se saca las botas, después los jeans y, por último, la camisa. Se queda desnudo. Se acerca al borde de la mesa. La sangre lo mancha. Él le señala a ella dónde tiene que limpiar, ahí donde la carne está dura. Ella obedece y lame. Con cuidado al principio, con desesperación después, como si la sangre que mancha todo fuese poca y necesitara más. Él le agarra el pelo con más fuerza y le hace un gesto para que vaya más despacio. Ella obedece.

Él quiere que ella grite, que la piel deje de ser un mar inmóvil y vacío, que las palabras se quiebren, se disuelvan.

Va hacia el otro extremo de la mesa. Le saca el pantalón, le arranca la bombacha y le abre las piernas. Escucha un ruido y ve al Perro mirando desde la ventana de la puerta. Le parece bien que cumpla con su rol de animal fiel, de siervo dócil resguardando a su dueña. Disfruta de esa mirada ciega, de la posibilidad de que el Perro lo ataque de una vez por todas.

Da un solo envión, exacto. Ella se queda en silencio, tiembla, se contiene. La sangre sigue goteando de la mesa.

El Perro quiere abrir la puerta. Está cerrada. Él puede ver la rabia, la siente en el aire. Ve los colmillos en los ojos. Disfruta con la desesperación del Perro y, sin dejar de mirarlo, le tira del pelo a Spanel. Ella, en silencio, araña la mesa y las uñas se le manchan de sangre.

La da vuelta y se aleja unos pasos. La mira. Se sienta en una silla. Spanel se acerca y se para justo encima de sus piernas. Pero él se levanta de golpe, tira la silla con el envión, la alza y la aplasta con su cuerpo contra una de las puertas vidriadas. Dentro hay manos, pies, un cerebro. Ella lo besa con angustia, con solemnidad.

Spanel le envuelve la cintura con las piernas y le agarra el cuello con las manos. Él la aprieta contra el vidrio todavía más. La penetra, le agarra la cara y la mira directo a los ojos. Se mueve despacio y no deja de mirarla. Ella se desespera, mueve la cabeza, se quiere soltar, pero él no la deja. Él siente su respiración entrecortada, casi agonizando. Cuando ella deja de retorcerse él la acaricia y la besa y sigue moviéndose lento. Entonces Spanel grita, grita como si el mundo no existiera, grita como si las palabras se abrieran en dos y perdieran todo su significado, grita como si debajo del infierno existiera otro infierno, uno del cual no quiere escapar.

Se viste mientras Spanel, desnuda, fuma un cigarrillo sentada en la silla. Sonríe, mostrando todos los dientes.

El Perro sigue mirando desde la ventana de la puerta. Spanel sabe que está del otro lado, pero lo ignora.

Él se va sin saludar.

19

Se sube al auto. Prende un cigarrillo. Está por arrancar cuando suena el celular. Es su hermana.

—Hola.

—Hola, Marcos, ¿dónde estás? Veo edificios. ¿Estás en la ciudad?

—Sí, vine por unos trámites.

—Entonces vení a almorzar a casa.

—No, tengo que ir al trabajo.

—Marcos, sé perfectamente que hoy es tu día libre, eso fue lo que me dijo la señora que me atendió cuando llamé al frigorífico. No te veo hace mucho.

Él prefiere eso antes que volver a la casa donde está la hembra.

—Está bien, voy.

—Te voy a preparar unos riñones especiales marinados al limón con hierbas que te vas a chupar los dedos.

—No estoy comiendo carne, Marisa.

La hermana lo mira con sorpresa y con cierta sospecha.

—No te habrás convertido en uno de esos veganoides, ¿no?

—Es un tema de salud, me lo recomendó el médico. Es por un tiempo nada más.

—¿Pero qué te pasa? No me asustes, Marcos.

—Nada grave. El colesterol me dio un poco alto, nada más.

—Bueno, algo se me va a ocurrir, pero venite que te quiero ver.

No es por un tema de salud. Desde que murió el hijo no volvió a comer carne.

La perspectiva de verla lo agobia de antemano. Es un trámite que cumple cuando no tiene más remedio. Él no sabe quién es su hermana, no de verdad.

Maneja despacio por la ciudad. Hay personas, pero es una ciudad que parece desierta. No sólo porque se redujo la población, sino porque desde que no hay animales hay un silencio que nadie escucha pero que está ahí, todo el tiempo, retumbando. Esa estridencia silenciosa se nota en las caras, en los gestos, en la forma de mirarse los unos a los otros. Pareciera que todos viven detenidos, como si esperaran que la pesadilla terminara.

Llega a lo de su hermana. Se baja del auto y toca el timbre con algo de resignación.

—¡Hola, Marquitos!

Las palabras de su hermana son como cajas llenas de papeles en blanco. Lo abraza de manera blanda y rápida.

—Dame tu paraguas.

—No tengo.

—¿Vos estás demente? ¿Cómo que no tenés?

—No, no tengo. Vivo en medio del campo y no pasa nada con los pájaros, Marisa. Sólo la gente de la ciudad vive paranoica.

—Entrá rápido, querés.

La hermana lo empuja mirando a los costados. Le preocupa que los vecinos vean a su hermano sin paraguas.

Él sabe que va a cumplir con el ritual que consiste en hablar de frivolidades, en que Marisa le insinúe que ella no puede ocuparse del padre, en que él le diga que no tiene que preocuparse, en ver a dos extraños que son sus sobrinos y en que ella apacigüe la culpa por seis meses más hasta que todo se vuelva a repetir.

Van a la cocina.

—¿Cómo estás, Marquitos?

Detesta que le diga Marquitos. Usa el diminutivo para expresar una cuota de cariño que no siente.

—Bien.

—¿Mejor?

Ella lo mira con cierta lástima y condescendencia, que es de la única manera en la que lo mira desde que perdió a su hijo.

Él no le contesta. Se limita a prender un cigarrillo.

—Disculpame, pero acá no, ¿viste? Me llenás la casa de olor.

Las palabras de su hermana se acumulan unas sobre otras como archivos que sostienen archivos que están dentro de archivos. Apaga el cigarrillo.

Se quiere ir.

—La comida está lista. Estoy esperando que me confirme Esteban.

Esteban es el marido. Él siempre lo recuerda encorvado y con una cara llena de contradicciones que intenta disimular con una media sonrisa. Él cree que es un hombre atrapado en las circunstancias, con una mujer que es un monumento a la simpleza y con una vida que se arrepiente de haber elegido.

—¡Qué lástima! Me acaba de contestar Esteban que no viene porque está con mucho trabajo.

—Claro.

—Los chicos están por llegar de la escuela.

Los chicos son sus dos sobrinos. Él cree que a ella nunca le interesó la maternidad, que los tuvo porque tener hijos es uno de los proyectos que forman parte del desarrollo natural de la vida, de la misma manera que hacer la fiesta de quince, casarse, remodelar la casa y comer carne.

Él no le contesta. No le interesa verlos. Ella le sirve limonada con menta y le pone un plato abajo del vaso. Toma un poco y deja el vaso. La limonada tiene gusto artificial.

—¿Cómo estás, Marquitos?, de verdad.

Le toca apenas la mano e inclina la cabeza reprimiendo la lástima, pero no lo suficiente como para que él se dé cuenta de que ella la siente. Él le mira los dedos sobre su mano y piensa que hace unos minutos atrás esa mano estuvo agarrando la nuca de Spanel.

—Bien.

—¿Cómo es posible que no tengas paraguas?

Él suspira levemente y piensa que, otra vez, va a tener la misma discusión de todos los años.

—No lo necesito. Nadie lo necesita.

—Todos lo necesitan. Hay zonas que no tienen construidos los techos protectores. ¿Querés morirte?

—Marisa, ¿en serio pensás que si un pájaro te caga en la cabeza te vas a morir?

—Sí.

—Te repito, Marisa, en el campo, en el frigorífico, nadie usa paraguas, a nadie se le ocurre. ¿No sería más lógico pensar que si te pica un mosquito, que pudo haber picado antes a un animal, te podés contagiar el virus?

—No, porque el gobierno dice que no hay peligro con los mosquitos.

—El gobierno quiere manejarte, es para lo único que existe.

—Acá todos salen con el paraguas. Es lo más lógico.

—¿No te pusiste a pensar que quizás la industria del paraguas vio una oportunidad y llegó a un acuerdo con el gobierno?

—Siempre pensando en conspiraciones que no existen.

Ella golpea el piso con el pie. Despacio, casi no se escucha el ruido, pero él la conoce y sabe que ese es su límite para mantener una discusión, sobre todo porque no tiene un pensamiento independiente, por ende, no puede sostener ningún argumento.

—No discutamos, Marquitos.

—No, claro.

Ella despliega con los dedos la pantalla virtual en la mesa de la cocina. En el menú aparece una foto de los hijos. La toca. Se abre una ventana donde se ve a sus sobrinos, casi adolescentes, caminando en la calle con un paraguas de aire.

—¿Cuánto les falta?

—Ya llegamos.

Cierra la pantalla virtual y lo mira nerviosa. No sabe de qué hablar.

—Esos paraguas se los regalaron los abuelos, que los malcrían que no te das una idea. Me los venían pidiendo hace años, pero son tan caros. ¿A quién se le ocurre hacer un paraguas con propulsión de aire? Pero ellos están felices, son la envidia de todos sus compañeros.

Él no le contesta y mira un cuadro colgado en la cocina que proyecta imágenes. Son naturalezas muertas de mala calidad. Frutas dentro de canastos, naranjas apoyadas sobre una mesa, dibujos seriados sin autor. Cerca del cuadro ve una cucaracha que camina por la pared. La cucaracha baja hasta la mesada y desaparece detrás de un plato con pan.

—Los chicos están encantados con un juego virtual que les regalaron los abuelos. Se llama «Mi mascota real».

Él no le pregunta nada. Las palabras de la hermana tienen olor a humedad detenida, a encierro, a frío compacto. Ella sigue hablando.

—Podés crear tu propia mascota y acariciarla de verdad, jugar con ella, darle de comer. Mi mascota se llama Mishi, es un gato blanco de angora. Pero es cachorro porque no quiero que crezca. A mí me gustan los gatos bebés, como a todo el mundo.

A él nunca le gustaron los gatos. Tampoco los gatos bebés. Toma un poco de limonada, disimula el asco que le da y mira cómo pasan las naturalezas muertas. Una de las imágenes titila y se pixela. El cuadro queda negro.

—Los chicos crearon un dragón y un unicornio. Pero ya sabemos que se van a aburrir rápido, como pasó con Boby, el perro robot que les compramos. Estuvimos ahorrando tanto tiempo para hacerles ese regalo y se cansaron a los pocos meses. Boby está en el garaje, apagado. Está muy bien hecho, pero no es lo mismo que un perro de verdad.

Su hermana siempre le hace entender que no tienen dinero, que viven de manera austera. Pero él sabe que no es así aunque el tema no le interese ni tenga rencores porque ella no aporta un centavo para el cuidado del padre.

—Te preparé una ensalada tibia con verduras y arroz. ¿Te parece bien?

—Sí.

Él nota que cerca del lavadero hay una puerta que no recordaba. Es la clase de puerta que se usa en los domicilios donde se crían cabezas. Se nota que es nueva, que no la estrenaron. Detrás de la puerta hay un cuarto refrigerado. Ahora entiende por qué la hermana lo invitó. Le va a pedir que le consiga cabezas más baratas para criar.

Se oyen ruidos desde la calle y entran sus sobrinos.

20

Los sobrinos son mellizos. Una mujer y un varón. Casi no hablan y cuando lo hacen se comunican en susurros entre ellos, con códigos secretos y sobreentendidos. Él los observa como si fuesen un animal extraño compuesto de dos partes separadas pero activados por una sola mente. Su hermana se empecina en llamarlos «los chicos», cuando el mundo entero los llama «los melli». Su hermana y sus reglas idiotas.

Los mellizos se sientan a la mesa del comedor sin saludarlo.

—No le dijeron hola a su tío Marquitos.

Él se levanta de la mesa de la cocina y camina al comedor con paso lento. Quiere terminar cuanto antes con el trámite de esa visita obligada.

—Hola, tío Marquitos.

Lo dicen al unísono, de manera mecánica, imitando a un robot. Contienen la risa, se les nota en los ojos. Se quedan mirándolo, sin pestañear, esperando que él reaccione. Pero él se sienta en la silla y se sirve agua, sin prestarles atención.

La hermana sirve la comida sin darse cuenta de nada. Le saca el vaso de agua y le deja el de limonada. «Te olvidaste el vaso en la cocina, Marquitos. La preparé especialmente para vos.»

Sus sobrinos no son idénticos, pero esa unión encapsulada, férrea, les da un aire ominoso. Los gestos inconscientes que se duplican, la mirada idéntica, los silencios pactados generan incomodidad. Él sabe que ellos tienen un lenguaje secreto, algo que probablemente ni la hermana sepa. Esas palabras que sólo pueden entender ellos dos hacen que los otros sean extranjeros, desconocidos, analfabetos. También los hijos de su hermana son un cliché: los mellizos siniestros.

La hermana le sirve la comida sin carne. Está fría. No tiene gusto.

—¿Está rico?

—Sí.

Los mellizos comen los riñones especiales al limón con hierbas, con papas a la provenzal y arvejas. Saborean la carne mientras lo miran con curiosidad. El varón, Estebancito, le hace un gesto a la mujer, Maru. Él siempre se ríe al pensar el dilema catastrófico que hubiese sido para su hermana haber tenido dos mujeres o dos hombres. Llamar a los hijos con el nombre de los padres es quitarles identidad, recordarles a quién pertenecen.

Los mellizos se ríen, se hacen señas, susurran. Los dos tienen el pelo sucio o grasoso.

—Chicos, por favor, estamos comiendo con el tío. No sean maleducados. Habíamos quedado con papá en que en la mesa no se susurra, se conversa como adultos, ¿no?

Estebancito lo mira con un brillo en los ojos, un brillo lleno de palabras como bosques de árboles quebrados y tornados silenciosos. Pero la que habla es Maru:

—Estamos adivinando qué gusto tendría el tío Marquitos.

La hermana agarra el cuchillo con el que está comiendo y lo clava en la mesa. El sonido es furioso, veloz. La hermana dice: «Basta». Lo dice despacio, midiendo la palabra, controlándola. Los mellizos la miran sorprendidos. Él nunca vio una reacción semejante en su hermana. La mira en silencio. Mastica un poco más de arroz frío, sintiendo tristeza por toda la escena.

—Me tienen harta con ese juego. Las personas no se comen. ¿O son salvajes ustedes?

La pregunta la hace gritando. Mira el cuchillo clavado en la mesa y se va al baño corriendo, como si hubiera despertado de un trance.

Maru, o Marisita como la llama su hermana, mira el pedazo de riñón especial que se está por meter en la boca y esboza una sonrisa mientras le hace un guiño al hermano. Las palabras de su sobrina son como vidrios que se derriten por un calor muy intenso, como cuervos que se sacan los ojos en cámara lenta.

—Mamá está loca.

Lo dice con voz de niña, haciendo pucheros y moviendo el dedo índice en círculos a la altura de la sien. Estebancito la mira y se ríe. Todo le parece muy cómico. Dice:

—El juego se llama «Cadáver Exquisito», ¿querés jugar?

La hermana vuelve. Lo mira con vergüenza y con cierta resignación.

—Disculpame. Es un juego que está de moda y ellos no entienden que tienen prohibido jugarlo.

Toma un poco de agua. Sigue hablando como si a él le interesara una explicación que no pidió.

—El problema son las redes y los grupitos virtuales, de ahí surgen estas cosas. Vos porque vivís desconectado, entonces no entendés nada.

Se da cuenta de que el cuchillo sigue clavado en la mesa. Lo saca rápido como si nada hubiese pasado, como si su reacción no hubiese sido desproporcionada.

Él sabe que si se levanta y se va, haciéndose el ofendido, va a tener que repetir la operación pronto porque la hermana lo va a invitar cuantas veces sean necesarias para pedirle perdón. Se limita a contestar:

—Creo que el sabor de Estebancito debe ser un poco rancio, como el de un cerdo engordado por demasiado tiempo, y el de Maru debe ser parecido al del salmón rosado, un poco fuerte, pero rico.

Los mellizos primero lo miran sin entender. Ellos nunca probaron ni cerdo ni salmón. Después sonríen divertidos. La hermana lo mira y no dice nada, sólo atina a tomar más agua y a comer. Las palabras se le atascan como si estuviesen dentro de bolsas de plástico comprimidas.

—Decime, Marquitos, ¿ustedes venden cabezas a particulares, a alguien como yo?

Él come lo que cree que son verduras. No distingue qué está comiendo, ni por el color ni por el gusto. Siente un olor agrio en el aire. No sabe si viene de su comida o es el olor de la casa.

—¿Me estás escuchando?

La mira unos segundos sin contestarle. Piensa que desde que llegó ella no le preguntó por el padre.

—No.

—Eso no fue lo que me dijo la secretaria del frigorífico.

Él decide que es el momento de terminar con la visita.

—Papá está bien, Marisa, ¿sabés?

Ella baja la mirada y sabe que es la señal que indica que su hermano ya tuvo suficiente.

—Qué alegría.

—Sí, una alegría.

Pero él decide ir más allá porque ella traspasó un límite cuando decidió llamar a su trabajo para preguntar cosas que no corresponden.

—Tuvo un episodio hace poco.

Su hermana deja el cubierto en el aire, a mitad de camino, como si la sorpresa fuese real.

—¿En serio?

—Sí. Está controlado, pero cada tanto le pasa.

—Claro, claro.

Él señala a los sobrinos con el tenedor y dice, levantando un poco la voz:

—¿Los chicos, sus nietos, lo visitaron alguna vez?

La hermana lo mira sorprendida y con furia contenida. El contrato tácito no implica humillarla y él siempre lo respetó. Hasta ese día.

—Con el colegio, las tareas, con lo lejos que es, se nos complica tanto. Además, está el toque de queda.

Maru va a decir algo, pero la madre le toca la mano y sigue hablando.

—Imaginate que ellos están estudiando en la mejor escuela, una escuela de excelencia, del estado, claro, porque las privadas son carísimas. Pero si no están al nivel se tienen que ir a una paga que no podemos afrontar.

Las palabras de la hermana son como hojas secas apiladas en un rincón, pudriéndose.

—Claro, Marisa. Le mando saludos a papá de parte de todos, ¿te parece?

Él se levanta y les sonríe a sus sobrinos, pero no los saluda.

Maru lo mira desafiante. Come un bocado de riñón especial y dice con la boca abierta y casi a los gritos:

—Yo quiero visitarlo al abuelo, mamá.

Estebancito la mira divertido y retruca:

—Vamos, mamá, vamos, vamos.

La hermana los mira confundida, no capta la crueldad del pedido, no ve las carcajadas reprimidas.

—Bueno, bueno, puede ser.

Él sabe que no los va a ver por mucho tiempo y sabe que, de cortarles un brazo a cada uno y de comerlos en ese momento sobre la mesa de madera, el sabor sería exactamente el que predijo. Los mira directo a los ojos. Primero a Maru y después a Estebancito. Los mira como si los estuviese saboreando. Ellos se sobresaltan y bajan la mirada.

Camina directo a la puerta. La hermana se la abre y lo saluda con un beso rápido.

—Qué lindo verte, Marquitos. Tomá este paraguas, haceme el favor.

Él abre el paraguas y se va sin contestarle. Antes de llegar al auto ve un tacho. Tira el paraguas abierto. La hermana lo mira desde la puerta. La cierra despacio mientras baja la cabeza.

21

Maneja hasta el zoológico abandonado.

Los almuerzos con la hermana siempre lo alteran. No lo suficiente como para dejar de ir, pero después de verla necesita estar tranquilo para entender por qué esa persona que es de su familia es como es, por qué tiene a esos hijos, por qué nunca los quiso ni a él ni al padre.

Camina despacio entre las jaulas de los monos. Están rotas. Los árboles que plantaron dentro están secos. Lee uno de los carteles con letras descoloridas:

Mono aullador
Alouatta caraya
Clase: Mamíferos

Al lado de la palabra «Mamíferos» hay un dibujo obsceno.

Orden: Primates
Familia: Atétidos (Cébidos)
Hábitat: Bosques.
Adaptación: Las hembras tienen un pelaje dorado o amarillento, mientras que el del macho

Las palabras que siguen están borroneadas.

Cuentan con un aparato especial para la producción de sonidos. Tienen un gran desarrollo de la laringe y en particular del hueso hioides, el cual forma una gran cápsula que amplifica sus vocalizaciones.
Alimentación: Plantas, insectos y frutas.
Estado de conservación: Fuera de peligro

La frase «Fuera de peligro» está tachada con una cruz.

Distribución: Zona central del Sudamérica. Desde el este de Bolivia y sur de Brasil hasta el norte de Argentina y Paraguay.

Hay una foto de un mono aullador macho. Tiene la cara desencajada como si la cámara hubiese captado el momento en el que fue capturado. Alguien dibujó un círculo rojo con una cruz en el centro.

Entra a una de las jaulas. Hay pasto crecido entre el cemento, cigarrillos y jeringas en el piso. Encuentra huesos. Piensa que pueden ser del mono, o no. Pueden ser de cualquiera.

Sale de la jaula y camina entre los árboles. Hace calor y el cielo está despejado. Los árboles le dan un poco de sombra. Transpira.

Se topa con un puesto de ventas. Mete la cabeza por el hueco de la puerta. Encuentra latas, papeles, suciedad. Entra y lee el listado de productos pintado en la pared: peluche de león Simba, peluche de jirafa Rita, peluche de elefante Dumbo, vaso de reino animal, cartuchera de mono tití. Las paredes blancas tienen grafitis, frases, dibujos. Alguien escribió «extraño a los animales» con letra contenida y pequeña. Otro lo tachó y anotó: «Ojalá te mueras por imbécil».

Sale del puesto de ventas y prende un cigarrillo. Nunca recorre el zoológico. Siempre va directo a la fosa de los leones y se queda ahí, sentado. Sabe que el zoológico es grande porque recuerda que con el padre paseaban durante horas.

Camina por piletas vacías. Son pequeñas. Cree que ahí tenían a las nutrias, o a las focas. No lo recuerda. Los carteles fueron arrancados.

Mientras camina se arremanga la camisa. Desprende todos los botones y se la deja abierta, suelta.

Más lejos ve jaulas enormes, altas, con cúpulas. Recuerda el aviario. Los pájaros de colores volando, el estallido de plumas, el aroma denso y frágil. Llega a las jaulas, pero es una sola, dividida en partes. Dentro hay un gran puente flotante cubierto por una cúpula de vidrio por el que los visitantes podían caminar dentro de la jaula. Las puertas están rotas. Los árboles que plantaron en la jaula crecieron hasta romper las cúpulas de vidrio del techo y la del puente. Camina sobre hojas y vidrios rotos. Los siente crujir bajo sus botas. Ve la escalera por donde se accede al puente flotante. Sube. Decide cruzarlo. Camina entre ramas, las salta, las empuja. En un claro mira al techo y ve la copa de los árboles y una de las cúpulas, la del centro. Es la única que tiene un vitral de colores con el dibujo de un hombre con alas, volando cerca del sol. Él sabe que es Ícaro y conoce su suerte. Las alas son de colores y el cielo por el que vuela está lleno de pájaros, como si le hicieran compañía, como si ese humano fuese uno de ellos. Con una rama con hojas que está tirada limpia un poco el piso del puente para acostarse y no lastimarse con los vidrios. Algunas partes de la cúpula están rotas, pero es la que menos daño sufrió porque es la más alta y la que está más lejos de las ramas de los árboles que todavía no la alcanzan.

Quisiera quedarse todo el día acostado mirando el cielo multicolor. Le hubiera gustado mostrarle ese aviario a su hijo, así vacío, roto. Recuerda, como un golpe, los llamados de su hermana cuando murió Leo. Hablaba sólo con Cecilia como si ella fuese la única que necesitara consuelo. En el funeral, mientras lloraba, abrazaba a sus hijos como si temiera que ellos también fallecieran de muerte súbita, como si ese bebé en el cajón tuviese la capacidad de contagiar la muerte. Él miraba a todos como si el mundo se hubiese alejado unos metros, como si esa gente que lo abrazaba estuviese detrás de un vidrio esmerilado. No pudo llorar, en ningún momento, ni siquiera cuando vio el ataúd pequeño y blanco bajando a la tierra. Se quedó pensando en que le hubiera gustado un ataúd menos llamativo, que entendía que era blanco por la pureza del niño que estaba dentro, pero ¿realmente somos tan puros cuando llegamos al mundo?

Pensó en otras vidas, pensó en que quizás en otra dimensión, en otro planeta, en otra época podría encontrarse con su hijo y verlo crecer. Y mientras pensaba todo eso y la gente tiraba rosas sobre el ataúd, su hermana lloraba como si ese hijo fuese de ella.

Tampoco lloró después, cuando terminó el simulacro del funeral que, en esa época, todavía era esperable. Cuando la gente se fue y se quedaron solos, los empleados del cementerio levantaron el ataúd, le sacaron la tierra y las flores que le habían tirado y lo llevaron a una sala. Sacaron el cuerpo de su hijo del ataúd blanco y lo pusieron en un ataúd transparente. Los dos tuvieron que ver cómo ese bebé entraba despacio al horno que lo iba a cremar. Cecilia se desplomó y se la llevaron a otra sala con sillones, preparada para esos ataques. Él recibió las cenizas y firmó los papeles que certificaban que su hijo había sido cremado y que ellos habían sido testigos de esa cremación.

Se va del aviario. Pasa por unos juegos para chicos. El tobogán está roto. Hay un subibaja al que le falta uno de los asientos. La calesita con forma de trompo todavía tiene el color verde, pero le pintaron esvásticas en el piso de madera. El arenero tiene pasto y en el medio alguien puso una silla desvencijada y la dejó ahí, pudriéndose. De las hamacas sólo queda una. Se sienta en la hamaca y prende un cigarrillo. Las cadenas todavía pueden sostenerlo. Se hamaca con las piernas tocando el piso, con movimientos leves. Después se hamaca con más fuerza despegando los pies y ve que en el cielo, a lo lejos, se están formando nubes.

Se saca la camisa y se la ata en la cintura. Hace calor.

Cerca de los juegos ve otra jaula. Se acerca y lee el cartel colgado.

Cacatúa de moño amarillo
Cacatúa galerita
Clase: Aves
Orden: Psitaciformes
Familia: Pcitácidos

Alguien escribió «Romina te amo» en letras rojas sobre la descripción del hábitat.

Adaptación: Los machos tienen los ojos café oscuro, mientras que las hembras los tienen rojos. Durante el cortejo el macho levanta la cresta y mueve la cabeza en forma de ocho mientras vocaliza. Ambos padres se encargan de incubar y alimentar a los polluelos. Viven unos 40 años en vida silvestre y cerca de 65 es cautiverio (hay un récord de más de 120 años).

El resto del cartel está roto, tirado en el piso, pero no se agacha a levantarlo.

Camina hasta una construcción grande. El marco de la puerta está quemado. Entra en un salón con ventanales rotos. Cree que ahí había un bar o un restaurante. Hay sillones empotrados en la pared que no pudieron arrancar. La mayor parte de las mesas ya no están, pero quedan dos soldadas al piso. Hay una construcción alargada que podría haber sido una barra.

Ve un cartel que dice «Serpentario» y una flecha. Camina por algunos pasillos oscuros y estrechos hasta que llega a un espacio más grande con ventanales. Ve pintado en la pared otro cartel que dice «Serpentario, hacer fila y esperar». Entra en un cuarto con un techo alto parcialmente roto. Por los agujeros del techo se puede ver el cielo. No hay jaulas. Las paredes están divididas en compartimentos con vidrios. Él cree que se llaman terrarios. Los terrarios tienen vidrios por donde se veían a las distintas serpientes. Algunos de los vidrios están rotos, otros desaparecieron por completo.

Se sienta en el piso y saca un cigarrillo. Se queda mirando los grafitis y dibujos. Hay uno que le llama la atención. Dibujaron una máscara, con bastante habilidad. Parece una máscara veneciana. Al costado escribieron en letras grandes y negras: «La máscara de la aparente tranquilidad, de la placidez mundana, de la alegría pequeña y brillante de no saber cuándo esto que llamo piel va a ser desgajada, esto que llamo boca va a perder la carne que la rodea, esto que llamo ojos se va a topar con el silencio negro de un cuchillo». No está firmado. Nadie lo borró ni dibujó encima, pero alrededor escribieron e hicieron dibujos. Lee algunas de las frases: «mercado negro», «desgajame esta», «carne con nombre y apellido, ¡la más rica!», «alegría?, pequeña y brillante?

en serio? LOL!», «qué lindo poema!!», «después del toque de queda te podemos comer», «este mundo es una mierda», «YOLO», «Ah, come de mí, come de mi carne / Ah, entre caníbales / Ah, tomate el tiempo en / desmenuzarme / Ah, entre caníbales / Soda Stereo por siempre jamás».

Está tratando de acordarse qué significaba «YOLO», cuando escucha un ruido. Se queda quieto. Es un llanto débil. Se para y camina por el serpentario hasta que llega a uno de los ventanales más grandes. Está intacto.

No puede distinguir casi nada. Hay ramas secas en el piso, suciedad. Pero ve una figura que se mueve. De repente ve una cabecita que se levanta. Tiene un hocico negro y dos orejas marrones. Después distingue otra cabeza más y otra y otra.

Se queda mirando pensando que está viendo una alucinación. Después siente el impulso de romper el vidrio para tocarlos. Al principio no puede entender cómo llegaron ahí, pero después se da cuenta de que hay tres terrarios conectados con puertas, dos de ellos tienen los vidrios rotos. No están al nivel del piso, por eso tiene que subirse para entrar. Se pone en cuatro patas para pasar por la puerta que conecta con el terrario más grande, donde están los cachorros, el del medio. La puerta está abierta. El terrario es ancho y bastante alto. Cree que ahí tendrían una anaconda, o una pitón. Los cachorros gimen, están asustados. Claro, piensa, nunca vieron a un humano en su vida. Camina en cuatro patas con cuidado porque hay piedras, hojas secas, suciedad.

Los cachorros están debajo de unas ramas que los cubren bastante bien. Ramas por las cuales, quizás, se enroscó una boa, piensa. Están acurrucados unos sobre otros para darse calor y protegerse. Se sienta al lado sin tocarlos hasta que se calman. Después los acaricia. Son cuatro. Están flacos y sucios. Ellos le huelen las manos. Levanta uno. Es tan liviano. El cachorro tiembla. Después se mueve con desesperación. Se orina del miedo. Los otros ladran, gimen. Él lo abraza, lo besa hasta que se calma. El cachorro le pasa la lengua por la cara. Él se ríe y llora en silencio.

22

Con los cachorros pierde noción del tiempo. Juegan a que lo atacan. Quieren atrapar las ramas que él mueve en el aire. Le mordisquean las manos con los dientitos que casi le hacen cosquillas. Él les agarra las cabezas y las sacude con cuidado, como si su mano fuese la mandíbula de una bestia monstruosa que los persigue. Les tira apenas de las colas. Él y ellos gruñen y ladran. Le lamen las manos. Son cuatro machos.

Les pone nombres: Jagger, Watts, Richards y Wood.

Los cachorros corren por el terrario. Jagger le muerde la cola a Richards. Wood parece que duerme, pero de golpe se levanta, agarra una de las ramas con la boca y la sacude en el aire. Watts lo huele desconfiado. Camina a su alrededor, lo huele y le ladra. Se sube a sus piernas con movimientos torpes. Él lo ataca y Watts llora un poco. Le muerde las manos y mueve la cola. Después Watts se tira sobre Richards y Jagger. Los ataca, pero ellos lo persiguen.

Recuerda a sus perros. Pugliese y Koko. Tuvo que sacrificarlos sabiendo, sospechando, que el virus era una mentira fabricada por las potencias mundiales y legitimada por el gobierno y los medios. Si los abandonaba para no matarlos, temía que los torturaran. Si se los quedaba podía ser mucho peor. Podían torturarlos a ellos y a los perros. En esa época se vendían inyecciones preparadas para que las mascotas no sufrieran. Las vendían en todos lados, hasta en los supermercados. Los enterró debajo del árbol más grande del terreno, el árbol donde las tardes de mucho calor, cuando no tenía que trabajar en el frigorífico del padre, se sentaban los tres bajo la sombra. Él tomando cervezas y leyendo y ellos a su lado. Se llevaba la radio portátil, una vieja del padre, y escuchaba un programa de jazz instrumental. Le gustaba el ritual de tener que sintonizar la estación. Cada tanto Pugliese se paraba y salía corriendo persiguiendo un pájaro. Koko lo miraba apenas, soñolienta, y después lo miraba a él con un gesto que él siempre pensó que significaba «Pugliese está loco, loco de remate. Pero lo queremos así, chiflado» y siempre le acariciaba la cabeza sonriendo y le decía en voz baja: «Taylor linda, mi Koko bonita». Pero si llegaba el padre, Koko se transformaba. No podía contener la alegría. Algo se le prendía dentro, un motor adormecido, y empezaba a saltar, correr, mover la cola, ladrar. Cuando veía al padre, no importaba cuán lejos estuviera, salía corriendo y se le tiraba encima. El padre siempre la recibía con una sonrisa, la abrazaba, la alzaba. Él se daba cuenta de que el padre estaba llegando porque Koko movía la cola de una manera distinta, una manera que estaba dedicada sólo al padre, el que la encontró al costado de la ruta acurrucada y sucia, de pocas semanas, deshidratada, a punto de morir. Estuvo con ella las veinticuatro horas, se la llevaba al frigorífico, la cuidó hasta que Koko empezó a reaccionar. Él cree que el sacrificio de Koko fue otro de los motivos por los cuales la mente del padre colapsó.

De repente los cuatro cachorros se quedan quietos, con las orejas paradas. Él se tensa. En ningún momento pensó en lo evidente. Esos cachorros tienen una madre.

Escucha un gruñido. Mira a través del vidrio y ve a dos perros que le muestran los colmillos. Tarda menos de un segundo en reaccionar. En ese instante piensa que le gustaría morir ahí, en ese terrario, con esos cachorros. Que al menos su cuerpo serviría de comida para que esos animales vivieran un poco más. Pero se le viene la imagen del padre en el geriátrico y, con una velocidad instintiva, se arrastra hasta la puerta por la que entró. La cierra de un golpe y la traba. Los perros ya están del otro lado, ladrando, raspando, intentando entrar. Si deja la puerta trabada y se escapa por la otra, por la que conecta al terrario contiguo, los cachorros se van a morir. Si abre la puerta que acaba de cerrar, esa que está conteniendo a los perros, no va a tener tiempo de escapar sin que antes lo ataquen. Pero la puerta que da al terrario contiguo está cerrada. Intenta abrirla y no puede. Los cachorros gimen. Se acurrucan para protegerse. Decide taparlos con su camisa. Aunque sabe que es una protección inútil. Se recuesta en el piso frente a la puerta por la que quiere salir y empieza a patearla. La patea varias veces hasta que cede. Respira. Los perros ladran y arañan con más fuerza. Se asegura de que la puerta que da al terrario contiguo esté totalmente abierta. Sabe que puede escapar por ahí porque el vidrio está roto. Escucha los gruñidos de los perros, se acrecientan. Cree que se sumaron otros o que a cada segundo están más rabiosos.

Mira a los cachorros, acurrucados, confundidos, sacando sus cabecitas por los bordes de la camisa. Agarra una piedra mediana y la apoya contra la puerta trabada, por la que intenta entrar la jauría. Después la destraba porque sabe que, eventualmente, los perros la van a correr, pero les va a costar. Encuentra otra piedra un poco más grande y la arrastra, en cuatro patas, al terrario contiguo. Cierra la puerta con la piedra grande porque con las patadas rompió la traba. Sale por el vidrio roto con cuidado, sin saltar ni hacer ningún ruido estridente. Cuando ya está en el piso empieza a correr.

Corre sin parar y sin mirar atrás. No se da cuenta de que el cielo está cargado de nubes grises. Cuando ve el auto escucha los ladridos con mayor claridad. Da vuelta la cabeza apenas y ve a una jauría de perros que lo persigue cada vez más cerca. Corre como si fuese su último acto en el planeta. Logra subirse al auto unos segundos antes de que los perros lo alcancen. Cuando recupera el aliento, los mira con tristeza por no poder ayudarlos, por no poder alimentarlos, bañarlos, cuidarlos, abrazarlos. Cuenta seis perros. Están flacos, probablemente desnutridos.

No siente miedo, pero sabe que podrían destrozarlo si baja. No puede dejar de mirarlos. Hace mucho tiempo que no se cruza con un animal. Distingue al macho alfa que lidera al grupo. Es negro. Los seis rodean el auto, ladrando, ensuciando los vidrios con la espuma blanca de los hocicos, arañando las puertas cerradas. Mira los colmillos, el hambre, la furia. Le parecen hermosos. Enciende el auto y arranca despacio. No quiere lastimarlos. Lo persiguen hasta que aprieta el acelerador y se despide mentalmente de Jagger, Watts, Richards y Wood.

23

Llega a su casa. Extraña el ladrido de Koko y Pugliese cuando corrían al auto por el camino de tierra bordeado de eucaliptos. A Pugliese lo encontró Koko. Estaba llorando debajo del árbol donde ahora están los dos enterrados. Era un cachorro de unos pocos meses, lleno de pulgas y garrapatas. Estaba desnutrido. Koko lo adoptó como si fuese suyo. Él le sacó las pulgas, las garrapatas y lo alimentó para que recuperase las fuerzas, pero Pugliese siempre reconoció a Koko como a su salvadora. Si alguien le gritaba o amenazaba a Koko, Pugliese se enloquecía. Era un perro leal que cuidaba a todos, aunque Koko era su preferida.

El cielo está plagado de nubes negras, pero él no las ve. Se baja y camina directo al galpón. Ahí está la hembra. Acurrucada, durmiendo. Tiene que bañarla, es una tarea que no puede esperar más. Mira el galpón y piensa que debería limpiarlo, crear un espacio para que la hembra esté más cómoda.

Cuando sale a buscar un balde para limpiarla empieza a llover. Recién se da cuenta de que es una tormenta de verano, una de esas tormentas temibles y bellas.

Entra a la cocina y siente un cansancio demoledor. Se quiere sentar y tomar una cerveza, pero no puede posponer más la limpieza de la hembra. Busca el balde, un jabón blanco y un trapo limpio. Va al baño y busca un peine viejo. No encuentra ninguno hasta que ve el peine que Cecilia dejó. Lo agarra. Piensa que tiene que conectar la manguera, pero cuando sale la lluvia es tan fuerte que lo empapa. No tiene camisa, porque se la dejó a Jagger, Watts, Richards y Wood. Se saca las botas y las medias. Se queda en jeans.

Camina descalzo hasta el galpón. Siente el pasto mojado debajo de los pies, el olor a tierra húmeda. Lo ve a Pugliese ladrándole a la lluvia. Le ve como si estuviese ahí, en ese momento. El loco de Pugliese saltando, tratando de atrapar las gotas, embarrándose, buscando la aprobación de Koko que siempre lo cuidaba desde la galería.

Saca a la hembra del galpón, con cuidado, casi con ternura. La hembra se asusta con la lluvia. Intenta cubrirse. Él la calma, le acaricia la cabeza, le dice, como si ella entendiera, «no pasa nada, es agua nada más, te va a limpiar». Le pasa el jabón por el pelo y la hembra lo mira con terror. Él la sienta en el pasto para tranquilizarla. Se arrodilla detrás de ella. El pelo, que le mueve con torpeza, se va llenando de jabón blanco. Lo hace despacio para no asustarla. La hembra pestañea y mueve la cabeza para mirarlo entre la lluvia, se retuerce, tiembla.

La lluvia cae con fuerza y la va limpiando. Él le pasa el jabón por los brazos y se los frota con el trapo limpio. La hembra está más calmada, pero lo mira con cierta desconfianza. Le pasa el jabón por la espalda y después la levanta despacio. Le limpia el pecho, las axilas, la panza. Lo hace con diligencia, como si estuviese limpiando un objeto de cierto valor, pero inanimado. Está nervioso, como si el objeto se pudiese romper o pudiese cobrar vida.

Con el trapo le va borrando las siglas que certifican que es una hembra de la Primera Generación Pura. Le borra veinte siglas, una por cada año de crianza.

Le pasa la mano por la cara para limpiarla de la suciedad que tiene pegada. Nota que tiene pestañas grandes y ojos de un color indefinido. Quizás grises o verdes. Tiene algunas pecas dispersas.

Se agacha para limpiarle los pies, las pantorrillas, los muslos. Incluso entre las gotas que caen con fuerza puede sentir el olor salvaje y fresco, el olor a jazmines. Agarra el peine y la sienta de nuevo en el pasto. Se ubica detrás de ella y empieza a peinarla. El pelo es lacio, pero está enredado. La tiene que peinar con cuidado para no lastimarla.

Cuando termina, la levanta y la mira. Entre la lluvia la ve. La ve frágil, la ve casi traslúcida, la ve completa. Se acerca para sentir el olor a jazmines y, sin pensarlo, la abraza. La hembra no se mueve, ni tiembla. Sólo levanta la cabeza y lo mira. Tiene ojos verdes, piensa, definitivamente verdes. Él le acaricia la marca de fuego en la frente. Se la besa porque sabe que sufrió cuando se la hicieron, de la misma manera que sufrió cuando le sacaron las cuerdas vocales para que la sumisión sea mayor, para que no grite en el momento del sacrificio. Le acaricia la garganta. El que tiembla ahora es él. Se saca los jeans y se queda desnudo. La respiración se acelera. La sigue abrazando debajo de la lluvia.

Lo que quiere hacer está prohibido. Pero lo hace.

Dos

... como un animal nacido en una jaula de animales nacidos en una jaula de animales nacidos en una jaula de animales nacidos en una jaula de animales nacidos en una jaula de animales nacidos en una jaula de animales nacidos y muertos en una jaula de animales nacidos y muertos en una jaula de animales nacidos en una jaula, muertos en una jaula, nacidos y muertos, nacidos y muertos en una jaula en una jaula nacidos y después muertos, nacidos y después muertos, como un animal digo...

SAMUEL BECKETT

1

Se despierta con una capa de sudor que le cubre el cuerpo. No hace calor, no todavía, no durante la primavera. Va a la cocina y se sirve agua. Prende la tele, silencia el volumen y pasa los canales sin prestarles atención. Se detiene en uno donde están pasando una noticia vieja, de hace muchos años. Algunas personas empezaron a vandalizar las esculturas urbanas de animales. Muestran a un grupo tirándole pintura, basura y huevos a la escultura del toro en Wall Street. Hacen un corte y pasan otras imágenes de una grúa llevándose la escultura de bronce de más de tres mil kilos que se mueve en el aire, mientras la gente la mira horrorizada, la señala, se tapa la boca. Él pone el volumen, pero bajo. Hubo ataques aislados en museos. Alguien tajeó la obra *Gato y pájaro* de Klee en el MOMA. La conductora habla sobre cómo expertos estaban trabajando para recuperarla. Otra persona, en el Museo del Prado, intentó romper *Riña de gatos* de Goya con sus propias manos. Se abalanzó, pero los de seguridad la pararon antes. Él recuerda a los expertos, historiadores del arte, curadores, críticos hablando indignados de la «regresión medieval», de la vuelta a «la sociedad iconoclasta». Toma un poco de agua y apaga la tele.

Recuerda cómo se quemaron las esculturas de San Francisco de Asís, cómo retiraron de los pesebres al burro, a las ovejas, a los perros, a los camellos, cómo destruyeron las esculturas de los lobos marinos de Mar del Plata.

No puede dormir. Tiene que levantarse temprano para recibir en el frigorífico a uno de los miembros de la Iglesia de la Inmolación. Cada vez son más, piensa. El ritmo ordenado y tranquilo de la faena se altera cuando llegan estos dementes. Esa semana va a tener que ir al coto de caza y al laboratorio. Tareas que lo alejan de la casa, que lo complican. Pero tiene que cumplir porque, últimamente, no puede concentrarse. Krieg no le dijo nada, pero él sabe que no está trabajando como antes.

Cierra los ojos y trata de contar las respiraciones. Se sobresalta cuando siente que lo tocan. Abre los ojos y la ve. Se corre y ella se acuesta en el sillón. Siente el olor salvaje y alegre, la abraza. «Hola, Jazmín.» Cuando se levantó, la desató.

Prende la tele. A ella le gusta ver las imágenes. Al principio le tenía miedo a la televisión. Intentó romperla varias veces. El sonido le resultaba estridente, las imágenes la alteraban. Pero a medida que pasaron los días se dio cuenta de que ese aparato no podía lastimarla, de que lo que pasaba ahí adentro no podía hacerle nada y empezó a mirar las imágenes con fascinación. Todo era un motivo de sorpresa. El agua saliendo de la canilla, la comida nueva, deliciosa, tan diferente al alimento balanceado, la música que salía de la radio, darse duchas en el baño, los muebles, poder caminar libre por la casa mientras él estuviera cerca para vigilarla.

Le acomoda el camisón. Lograr vestirla fue una tarea que requirió de una enorme paciencia. Rompía los vestidos, se los sacaba, los orinaba. Él, lejos de enojarse, se quedaba maravillado con el carácter, con el tesón. Con el tiempo ella entendió que la ropa la abrigaba, que, de alguna manera, la protegía. También aprendió a vestirse sola.

Ella lo mira y señala la tele. Se ríe. Él también se ríe, no sabe de qué o por qué, pero se ríe y la abraza un poco más. Ella no emite sonidos, pero la sonrisa de Jazmín le vibra en todo el cuerpo y siente que lo contagia.

Él le acaricia la panza. Está embarazada de ocho meses.

2

Se tiene que ir, pero antes va a tomar unos mates con Jazmín. Él ya prendió el fuego y calentó el agua. Que ella entendiera el concepto del fuego, de sus peligros y usos le llevó bastante tiempo. Cada vez que él prendía la hornalla ella salía corriendo a la otra punta de la casa. Pasó del miedo a quedarse alucinada. Después sólo quería tocar eso azul y blanco que, a veces, podía ser amarillo, eso que parecía que bailaba, que tenía vida. Lo tocaba hasta que se quemaba y sacaba la mano rápido, asustada. Se chupaba los dedos y se alejaba un poco para volver a hacer lo mismo una y otra vez. Poco a poco el fuego se convirtió en algo cotidiano de su nueva realidad.

Termina el mate, la besa y, como todas las veces, la acompaña al cuarto donde la deja encerrada. Cierra la puerta de entrada con llave y se sube al auto. Sabe que se va a quedar tranquila, mirando tele, durmiendo, dibujando con los crayones que le dejó, comiendo la comida que le preparó, pasando las hojas de los libros sin entender qué dicen. Quisiera enseñarle a leer, pero ¿cuál es el sentido si ella no puede hablar y jamás podría integrarse a una sociedad que la ve como un producto comestible? La marca en la frente, enorme, clara, indestructible, lo obliga a tenerla encerrada en la casa.

Maneja al frigorífico con rapidez. Quiere sacarse de encima la obligación y volver a su casa. Suena el celular y ve que es Cecilia. Frena a un costado y la atiende. Últimamente lo está llamando más seguido. Teme que ella quiera volver. No podría explicarle nada de lo que está pasando. Ella no lo entendería. Intentó eludirla, pero eso fue peor. Ella siente su impaciencia, sabe que el dolor ahora se convirtió en otra cosa. Le dice: «Estás distinto»; «Tenés otra cara»; «¿Por qué no me atendiste el otro día, tan ocupado estás?»; «Ya te olvidaste de mí, de nosotros». El «nosotros» no se reduce a ella y a él, incluye a Leo, pero decirlo en voz alta sería cruel.

Llega al frigorífico, saluda con un gesto al de seguridad y estaciona. No se fija si está leyendo el diario, ni siquiera mira quién es. Ya no se queda fumando apoyado en el techo del auto. Sube directo a la oficina de Krieg. Saluda con un beso rápido a Mari, que le dice: «Hola, Marcos, querido, qué tarde que llegaste. El señor Krieg ya está abajo. Llegó la gente de la Iglesia esa y la está recibiendo él». Esto último lo dice con fastidio. «Están viniendo cada vez más seguido.» Él no le responde, aunque sabe que llegó tarde y que la gente de la Iglesia se adelantó, además. Baja las escaleras rápido y corre por los pasillos sin saludar a los operarios con los que se cruza.

Llega al salón de entrada donde reciben a los proveedores y a la gente ajena al frigorífico. Krieg está parado sin hablar, se balancea despacio, de manera casi imperceptible, como si no pudiese hacer otra cosa. Parece incómodo. Delante hay una comitiva de alrededor de diez personas vestidas con túnicas blancas. Están rapados y miran a Krieg en silencio. Uno de ellos tiene una túnica roja.

Él se acerca y los saluda a todos dándoles la mano. Les pide disculpas por llegar tarde. Krieg les dice que ahora se quedan con él, con Marcos, el encargado. Que lo disculpen, que tiene una llamada.

Krieg camina rápido sin mirar atrás, como si los miembros de la Iglesia fuesen contagiosos. Se pasa las manos por el pantalón, limpiándose algo, quizás sudor, quizás rabia.

Él reconoce al maestro espiritual, como llaman al líder. Le da la mano y le pide los papeles que avalan y certifican el sacrificio. Los revisa y ve que está todo en orden. El maestro espiritual le explica que el miembro de la Iglesia que se va a inmolar ya fue revisado por un médico, ya dejó listo su testamento y ya hizo su ritual de despedida. Le entrega otro papel sellado y con la certificación de un escribano que dice «yo, Gastón Schafe, autorizo a que mi cuerpo sirva de alimento a otras personas», firma y número de documento. Gastón Schafe se adelanta, con su túnica roja. Es un hombre de setenta años.

Gastón Schafe sonríe y declama el discurso de la Iglesia de la Inmolación con pasión, con convencimiento: «El ser humano es la causa de todos los males de este mundo. Somos nuestro propio virus». Todos los integrantes levantan las manos y gritan:

«Virus». Gastón Schafe sigue: «Somos la alimaña de la peor clase, destruyendo a nuestro planeta, hambreando a nuestros semejantes». Una nueva interrupción: «Semejantes», gritan todos. «Mi vida va a tener realmente sentido una vez que mi cuerpo alimente a otro ser humano, uno que verdaderamente lo necesite. ¿Por qué desperdiciar mi valor proteico en una cremación sin sentido? Ya viví, para mí es suficiente.» Y todos, al unísono, gritan: «¡Salva al planeta, inmólate!».

Hace varios meses el candidato era una mujer joven. En el medio del discurso Mari bajó las escaleras a los gritos diciendo que era una barbaridad que una mujer joven se suicidara, que nadie estaba salvando al planeta, que era todo una payasada, que ella no podía permitir que una manga de lunáticos le lavara el cerebro a una chica tan jovencita, que les debería dar vergüenza, que por qué no se mataban todos al unísono, que no entendía por qué no donaban todos los órganos si querían ayudar, que una Iglesia de la Inmolación con miembros vivos era absolutamente grotesca y siguió gritando hasta que él la abrazó y se la llevó a otro cuarto. La sentó y le dio un vaso de agua y esperó a que se calmara. Mari lloró un poco y después se recompuso. «¿Por qué no se entregan directamente al mercado negro, por qué necesitan venir acá?», le preguntó Mari con la cara desencajada. «Porque necesitan hacerlo legal para que la Iglesia siga funcionando, necesitan los certificados.» Krieg le perdonó la escena porque estaba de acuerdo con todo lo que había dicho.

El frigorífico tiene la obligación de recibirlos y «hacer todo el show macabro», como dice Mari. Ningún frigorífico los aceptaba. La Iglesia luchó durante años para lograr que el gobierno cediera y llegara a un acuerdo. Sólo tuvieron éxito cuando se unió un miembro con contactos en los altos mandos y muchos recursos. El gobierno, finalmente, tuvo que ponerse de acuerdo con algunos pocos frigoríficos para que reciban a los miembros de la Iglesia. A cambio les dan facilidades impositivas. De esa manera se sacaron el problema de tener que lidiar con un grupo de delirantes y con estar poniendo en jaque toda la falsa construcción sobre la legitimación del canibalismo. Si una persona con nombre y apellido puede comerse, de manera legal, y esa persona no es considerada un producto, ¿qué nos impide comernos los unos a los otros? Lo que el gobierno no indicó es qué se hace con la carne y no lo aclaró porque es carne que nadie quiere comer, nadie que sepa de dónde viene y tenga que pagar el precio del mercado. Krieg ordenó hace tiempo que el discurso para los integrantes de la Iglesia de la Inmolación es que la carne del sacrificado lleva un certificado especial para que sea consumida por los más necesitados, sin ninguna otra explicación. Se les entrega ese certificado para que lo archiven junto con los otros certificados entregados a lo largo de los años. La realidad es que esa carne va a parar realmente a los más necesitados, que son los Carroñeros, que ya están merodeando cerca del alambrado. Porque ellos saben que les espera un festín. No importa que sea carne vieja, para ellos es una delicia, porque es fresca. Pero el problema con los Carroñeros es que son un grupo de marginados al que la sociedad no le concede ningún valor. Por eso no se le puede decir al inmolado que su cuerpo va a ser destripado, desgarrado, mordido, fagocitado por un excluido, un indeseable.

Les da un tiempo a los miembros de la Iglesia para que se despidan del candidato, de Gastón Schafe, que parece en estado de éxtasis. Él sabe que le va a durar poco, que cuando lleguen a la zona de boxes Gastón Schafe probablemente vomite, o llore, o quiera escaparse, o se orine. Los que no lo hacen están muy drogados o muy psicóticos. Sabe que hay apuestas entre los empleados del frigorífico. Mientras espera a que terminen con los abrazos se pregunta qué estará haciendo Jazmín. Al principio tuvo que dejarla encerrada en el galpón para que no se lastimara y no le destrozara la casa. Le pidió a Krieg vacaciones acumuladas y se tomó varias semanas para estar con ella, para enseñarle cómo vivir en una casa, cómo sentarse a una mesa a cenar, cómo agarrar un tenedor, cómo limpiarse, cómo agarrar un vaso de agua, cómo abrir una heladera, como usar un baño. Le tuvo que enseñar a no tener miedo. Un miedo aprendido, enquistado, aceptado.

Gastón Schafe se adelanta y levanta las manos hacia adelante. Se entrega con gestos dramáticos, como si todo el ritual tuviese algún valor. Declama: «Como dijo Jesús, tomad y comed de mi cuerpo».

Lo dice con un tono triunfal y sólo él puede ver la decadencia de toda la escena.

Decadencia y locura.

Espera a que el resto del grupo se vaya. Un guardia de seguridad los acompaña a la salida. Le dice «Carlitos, acompañalos» y le hace un gesto que Carlitos ya sabe que significa «acompañalos y asegurate de que se vayan de manera definitiva».

Le pide al candidato que se siente en una silla y le ofrece un vaso de agua. A las cabezas se las somete a un ayuno completo antes del sacrificio, pero acá no importan las reglas. Esa carne es para los Carroñeros, a los que no les interesan las sutilezas, ni las normas, ni las contravenciones. Su objetivo es que Gastón Schafe esté lo más tranquilo posible, dadas las circunstancias. Va a buscar el agua y se comunica con Carlitos, que le confirma que los miembros de la Iglesia se fueron, que subieron todos a una camioneta blanca y que los ve yéndose por el camino.

Gastón Schafe toma el vaso de agua sin saber que tiene un calmante, uno suave, pero con la suficiente fuerza para que la reacción que tenga cuando lleguen a los boxes sea lo menos estridente o violenta posible. Los calmantes los empezó a usar hace poco, después de una situación que comprometió a todo el frigorífico con una candidata joven de la Iglesia. Fue el mismo día que confirmó que Jazmín estaba embarazada. Ese día, por la mañana, le hizo una prueba de embarazo casera después de ver que no sólo no menstruaba, sino que había aumentado un poco de peso. Primero sintió felicidad, o algo parecido, después sintió miedo y después confusión. ¿Cómo iba a hacer? Ese bebé no podía ser de él, no de manera oficial, no si quería que no se lo sacaran, lo mandaran a un criadero y a él y a ella los despacharan directo al Matadero Municipal. Ese día no iba a ir a trabajar, pero Mari lo llamó para que fuera urgente: «La Iglesia esta, la de los Inmolados, que me vuelven loca, que me cambiaron la fecha y vinieron directo y me dicen que yo me equivoqué, que Krieg no está, que yo no los voy a recibir, imaginate, Marcos, quiero sacudirlos, hacerlos entrar en razón, que están todos locos, que no puedo ni mirarlos». Cortó y fue al frigorífico. No podía pensar en otra cosa que no fuera en el bebé, su hijo. Sí, suyo. Algo se le iba a ocurrir para que nadie se lo sacara. Recibió a la Iglesia con impaciencia. No le importó que la candidata, Claudia Ramos, fuera joven. Tampoco consideró que, cuando los miembros de la Iglesia se fueron, él no esperó a que los acompañaran a la salida y llevó a Claudia Ramos directo a los boxes. Tampoco le importó que ella mirara por las ventanas de la sala de triperías y de la sala de degüello, y a cada paso se pusiera más pálida y nerviosa. No tuvo en cuenta que Sergio se había tomado el descanso y que estaba Ricardo, el otro aturdidor, con menos experiencia. No consideró el hecho de que cuando entraron a la sala de descanso de los boxes Ricardo la agarró del brazo como si fuese un animal e intentó sacarle la túnica con cierta violencia y desprecio para dejarla desnuda para el aturdimiento y que Claudia Ramos se soltó, asustada, y salió corriendo. Claudia Ramos corrió desesperada por el frigorífico. Pasó por las salas gritando «no quiero morir, no quiero morir», hasta que salió a la zona de descarga y vio cómo bajaban de los camiones un lote de cabezas. Corrió directo a las cabezas gritando: «No, no nos maten, por favor, no, no nos maten, no nos maten». Sergio, que la vio acercándose a toda velocidad y sabiendo que era de la Iglesia de la Inmolación, porque las cabezas no hablan, agarró la maza (de la que nunca se separaba) y la aturdió con una precisión que dejó a todos admirados. Él había salido corriendo detrás de Claudia Ramos, pero no la alcanzó. Vio cómo Sergio la aturdía y respiró aliviado. Llamó con el handy al de seguridad y le preguntó si los de la Iglesia se habían ido. «Justo», le contestó. Les ordenó a dos operarios que se llevaran a Claudia Ramos a la Zona de los Carroñeros. Y Claudia Ramos, inconsciente, fue despedazada con machetes y cuchillos y devorada por los Carroñeros que merodeaban por la zona, a metros de la cerca electrificada. Krieg se enteró, pero no le dio mayor importancia porque estaba harto de la Iglesia. Él, en cambio, entendió que no podía volver a pasar, que si Sergio no la hubiese aturdido, podría haber pasado algo peor.

Gastón Schafe se tambalea un poco. Ya está haciendo efecto el calmante. Pasan por la sala de tripería y por la sala de degüello, pero las ventanas están tapadas. Llegan a los boxes. Sergio los está esperando en la puerta. Gastón Schafe está un poco pálido, pero sigue entero. Sergio le saca la túnica y los zapatos. Gastón Schafe se queda desnudo. Tiembla un poco y mira alrededor confundido. Está por hablar, pero Sergio lo agarra del brazo, con cuidado, y le tapa los ojos con una venda. Lo guía hasta que lo ubica dentro del box. Gastón Schafe se mueve, desesperado, dice algo que no se entiende. Él piensa que tiene que aumentar la dosis del calmante. Sergio le ajusta el grillete de acero inoxidable en el cuello y le habla. Gastón Schafe parece calmarse, al menos deja de moverse y de hablar. Sergio levanta la maza y le pega en la frente. Gastón Schafe cae. Dos operarios lo levantan y lo llevan a la Zona de los Carroñeros.

La cerca electrificada no puede silenciar los gritos y el ruido de los machetes que cortan, de las peleas por llevarse el mejor pedazo de Gastón Schafe.

3

Llega a su casa cansado. Antes de abrir el cuarto donde está Jazmín se da una ducha, de no hacerlo, Jazmín no dejaría que se bañe tranquilo. Intentaría meterse con él bajo el agua, lo besaría, lo abrazaría. Él entiende que ella está sola todo el día y cuando llega lo persigue por toda la casa.

Abre la puerta y Jazmín lo recibe con un abrazo. Se olvida de Gastón Schafe, de Mari y de los boxes.

El cuarto tiene colchones en el piso. No tiene muebles ni nada que pueda lastimarla. Lo preparó cuando se enteró de que ella estaba embarazada. La posibilidad de que le pasara algo a su hijo hizo que tomara todas las precauciones. Ella aprendió a hacer sus necesidades en un balde que él limpia todos los días y aprendió a esperarlo. Se puede mover libremente dentro de esas cuatro paredes acondicionadas para que no le pase nada.

Hace mucho tiempo que no sentía que esa casa era su hogar. Antes era un espacio para dormir y comer. Un lugar con palabras quebradas, silencios encapsulados en las paredes, con la acumulación de tristezas astillando el aire, raspándolo, agrietando el oxígeno. Una casa donde se estaba gestando una locura agazapada, inminente.

Pero desde que llegó Jazmín la casa se llenó del olor salvaje y de sus risas brillantes y mudas.

Entra al cuarto que había sido de Leo. Le sacó el empapelado con barcos y lo pintó de blanco. Construyó una nueva cuna y muebles. No podía comprarlos. No quería que nadie sospechara. Cuando vuelve del frigorífico tiene la costumbre de sentarse en el piso e imaginar de qué color va a pintar la cuna. Quiere que nazca y en ese momento, cuando lo mire a los ojos, imagina que su hijo se lo va a hacer saber. Los primeros meses va a dormir con él, al lado de la cama, en una cuna provisoria.

Él se va a ocupar de que ese bebé respire todo el tiempo.

Jazmín siempre se sienta con él en el cuarto del bebé. Prefiere que sea así, que ella lo persiga. Todos los cajones de la casa tienen llaves. Un día llegó del frigorífico y Jazmín había sacado todos los cuchillos. Se había lastimado una mano. Estaba sentada en el piso, manchada con la sangre que le caía despacio. Él se desesperó. Era una herida superficial. La curó, la limpió y guardó los cuchillos con llave. También los tenedores y las cucharas. Limpió el piso y descubrió que había estado intentando dibujar en la madera. Entonces le compró crayones y papel.

Compró cámaras conectadas a su celular y mientras está en el frigorífico puede saber qué está haciendo Jazmín en el cuarto. Pasa muchas horas mirando televisión, durmiendo, dibujando, mirando a un punto fijo. Por momentos, pareciera que pensara, que realmente pudiese hacerlo.

4

—¿Comió algo vivo alguna vez?

—No.

—Hay una vibración, un calor pequeño y frágil que lo hace particularmente delicioso. Arrancar una vida a bocados. Es el placer de saber que, gracias a tu intención, a tu accionar ese ser dejó de existir. Es sentir cómo ese organismo complejo y precioso expira poco a poco, pero que, al mismo tiempo, comienza a formar parte de uno. Para siempre. Ese milagro me fascina. Esa posibilidad de unión indisoluble.

Urlet toma vino de una copa que parece un cáliz antiguo. Es roja transparente, de cristal labrado, con figuras extrañas. Pueden ser mujeres desnudas bailando alrededor de una hoguera. No. Son figuras abstractas. ¿O serán hombres aullando? La agarra del tallo y la sube muy despacio, como si fuese un objeto de un valor extraordinario. La copa tiene el mismo color del anillo que lleva en el dedo anular.

Él le mira las uñas, como todas las veces, y no puede dejar de sentir asco. Están cuidadas, pero son largas. Hay algo de hipnótico y primitivo en esas uñas. Hay algo de alarido, de presencia ancestral. Hay algo que genera la necesidad de saber qué se siente ser tocado por esos dedos.

Se alegra al pensar que tiene la obligación de visitarlo pocas veces al año.

Urlet está sentado en un sillón de madera oscura con respaldo alto. Detrás tiene colgadas media docena de cabezas humanas que fue cazando con los años. Siempre aclara, a quien quiera escuchar, que son los trofeos que más le costó cazar, los que le generaron «desafíos monstruosos y vigorizantes». Al costado de las cabezas tiene fotos antiguas enmarcadas. Son fotos de colección de cazadores en África cazando negros, antes de la Transición. La más grande y clara muestra a un cazador blanco arrodillado, sosteniendo el rifle y detrás, en estacas, las cabezas de cuatro negros. El cazador sonríe.

No puede calcular la edad de Urlet. Es de esas personas que parece que estuvieron en el mundo desde los inicios, pero que tienen una cierta vitalidad que los hace verse jóvenes. Cuarenta, cincuenta, podría tener setenta. Imposible saberlo.

Urlet se queda callado y lo mira.

Piensa que Urlet colecciona palabras, además de trofeos. Para Urlet tienen tanto valor como una cabeza colgada en la pared. Habla un español casi perfecto. Su manera de expresarse es preciosista. Elige cada palabra, como si no se las llevara el viento, como si las frases quedaran vitrificadas en el aire y él pudiese tomarlas y guardarlas bajo llave en un mueble, pero no en cualquier mueble, en uno antiguo de estilo *art nouveau* con puertas vidriadas.

Urlet se fue de Rumania después de la Transición. Ahí se prohibía la caza de humanos y él, que tenía un coto de caza con animales, quiso seguir con el negocio en otra parte.

Nunca sabe qué contestarle. Urlet lo mira como esperando alguna frase reveladora o alguna palabra lúcida, pero él quiere irse. Dice lo primero que se le ocurre, lo dice nervioso porque no puede sostener la mirada de Urlet ni puede dejar de sentir que dentro de Urlet hay una presencia, algo que le araña el cuerpo, desde adentro, intentando salir:

—Sí, debe ser fascinante comer algo vivo.

Urlet hace un gesto mínimo con la boca. Es desprecio. Lo ve claro y lo reconoce porque cada vez que tiene que visitarlo, en algún momento del diálogo, Urlet le demuestra su displicencia de algún u otro modo o porque él repite las palabras que dijo Urlet o porque no tiene nada nuevo para agregar o porque la frase que él responde no permite que Urlet se siga explayando. Pero Urlet tiene los gestos medidos y se cuida de que casi no se noten, y enseguida sonríe y contesta:

—Efectivamente, mi querido *cavaler*.

Nunca lo llama por su nombre y siempre lo trata de usted. Le dice *cavaler*, que en rumano significa caballero.

Es de día, pero en la oficina de Urlet, detrás del escritorio de madera negra, imponente, detrás de la silla que parece un trono, debajo de las cabezas disecadas y las fotos, hay velas encendidas. Como si ese lugar fuese un gran altar, como si esas cabezas fuesen reliquias de una religión personal, la religión de Urlet dedicada a la colección de humanos, palabras, fotos, sabores, almas, carne, libros, presencias.

Las paredes de la oficina tienen bibliotecas del piso al techo con libros antiguos. La mayoría de los títulos son en rumano, pero a pesar de que está lejos llega a leer algunos: *Necronomicon*, *Libro Magno de San Cipriano*, *Enchiridion Leonis Papae*, *El Gran Grimorio*, *Libro de los Muertos*.

Se escuchan risas de los cazadores que vuelven del coto de caza.

Urlet le da los papeles con el próximo pedido. Él no puede dejar de sentir un escalofrío cuando una de las uñas le roza la mano. La saca rápido sin poder disimular el asco y no lo quiere mirar a los ojos porque teme que la presencia, que el ente que vive debajo de la piel de Urlet, deje de arañarlo y se libere. ¿Será el alma de algún ser que se comió vivo y quedó atrapada?

Mira el pedido y ve que Urlet remarcó con rojo «hembras preñadas».

—No quiero más hembras que no estén preñadas. Son idiotas y sumisas.

—Perfecto. Las preñadas salen el triple y si están de cuatro meses para arriba, salen más.

—Ningún problema. Quiero algunas con el feto desarrollado, como para comerlo después.

—Perfecto. Veo que aumentó la cantidad de machos.

—Los que me traés son los mejores del mercado. Cada vez vienen más ágiles o pensantes, como si eso fuese posible.

Un asistente toca la puerta despacio. Urlet le dice que entre. El asistente se acerca y le susurra algo al oído. Urlet le hace un gesto al asistente, que se retira en silencio cerrando la puerta. Después sonríe.

Él se queda sentado incómodo, sin saber qué hacer. Urlet golpea la mesa con las uñas, despacio y no deja de sonreír.

—Mi querido *cavaler,* los hados me sonríen. Hace un tiempo implementé la posibilidad de que aquellos famosos que caen en desgracia y adeudan fortunas las puedan recuperar acá.

—¿Cómo sería eso? No entiendo.

Urlet toma otro trago. Espera unos segundos antes de responder.

—Tienen que quedarse en el coto de caza por una semana, tres días o unas horas, todo depende del monto que adeuden y, si no logran cazarlos y salen vivos de esta aventura, yo les garantizo la cancelación total de la deuda.

—¿O sea que están dispuestos a morir porque adeudan plata?

—Hay personas que están dispuestas a hacer cosas atroces por mucho menos, *cavaler*. Como cazar a un famoso y comérselo.

Él se queda perplejo con la respuesta. Jamás hubiese pensado que Urlet podría juzgar el hecho de comerse a alguien.

—¿Usted tiene dilemas morales con esto, le parece atroz?

—De ninguna manera. El ser humano es un ser complejo y a mí me deslumbran las vilezas, contradicciones y sublimidades de nuestra condición. La existencia sería de un gris exasperante si todos fuésemos impolutos.

—Pero entonces, ¿por qué lo califica como atroz?

—Porque lo es. Pero eso es lo maravilloso, que aceptemos nuestras desmesuras, que las naturalicemos, que abracemos nuestra esencia primitiva.

Urlet hace una pausa para servirse vino. Le ofrece más, pero él no acepta, le dice que tiene que manejar. Urlet sigue hablando, despacio. Se toca el anillo que tiene en el dedo anular, lo mueve:

—Después de todo, desde que el mundo es mundo nos comemos los unos a los otros. Si no es de manera simbólica, nos fagocitamos literalmente. La Transición nos concedió la posibilidad de ser menos hipócritas.

Se levanta despacio y le dice:

—Acompáñeme, *cavaler*. Disfrutemos de la atrocidad.

Él piensa que no quiere hacer otra cosa más que volver a su casa y estar con Jazmín y tocarle la panza, pero hay algo en Urlet de magnético y repulsivo. Se levanta y lo acompaña.

Se asoman a un ventanal que da al coto de caza. En la galería de piedra pueden ver a media docena de cazadores sacándose fotos con sus trofeos. Algunos están arrodillados sobre el cuerpo de la presa que está en el piso. Hay dos que la muestran levantándole la cabeza de los pelos. Uno de ellos cazó a una hembra preñada. Él calcula que debe estar de seis meses.

En el centro del grupo hay un cazador que tiene a su presa parada. Está apoyada sobre su cuerpo y un ayudante la sostiene desde atrás. Es la presa mayor, la de más valor. Está vestida con ropa sucia pero que se nota que es cara, de buena calidad. Es el músico, el rockero endeudado. Él no recuerda el nombre, pero sabe que fue muy famoso.

Los ayudantes se acercan y les piden los rifles. Los cazadores se cuelgan las presas del hombro y se van a un galpón donde se pesan, se marcan y se entregan a los cocineros para que las despiecen, separen los trozos que van a cocinar y sellen al vacío lo que los cazadores se van a llevar.

El coto de caza les ofrece el servicio de embalar las cabezas.

5

Urlet lo acompaña a la salida, pero en la puerta del salón se cruzan con un cazador que llegó después. Es Guerrero Iraola. Él lo conoce bien porque le proveía cabezas al frigorífico. Tiene uno de los criaderos más grandes, pero él dejó de encargarle cabezas cuando, con el tiempo, Guerrero Iraola empezó a mandar cabezas enfermas y violentas, a retrasarse con los pedidos, a inyectarlas con medicación experimental para que la carne fuese más tierna. Finalmente, la carne era de mala calidad y él se cansó del trato displicente, de no poder nunca comunicarse directamente con Guerrero Iraola, de tener que pasar por tres secretarias para poder hablar menos de cinco minutos.

—Marcos Tejo, ¡viejo querido! ¿Cómo andás, tanto tiempo?

—Bien, muy bien.

—Urlet, a este *gentleman* lo invitamos a la mesa. *No discussion.*

—Como usted lo desee.

Urlet realiza una pequeña inclinación y después le hace un gesto a uno de los ayudantes y le dice algo al oído.

—Venite a comer que la caza fue *pretty spectacular*. Todos queremos probar a Ulises Vox.

Piensa: «Claro, ese es el nombre del rockero endeudado». Le parece aberrante la posibilidad de comerlo. Le contesta:

—Tengo un viaje largo de vuelta.

—*No discussion*. Por los viejos tiempos, que espero que vuelvan.

Sabe que económicamente no le afectó demasiado que lo sacara de la lista de proveedores. Después de todo, el Criadero Guerrero Iraola provee de cabezas a la mitad del país y tiene un enorme caudal de exportación. Pero también sabe que le restó prestigió porque el Frigorífico Krieg es el más serio del mercado. Pero hay una regla que nunca se quiebra: estar en buenos términos con todos los proveedores, incluso cuando lo exaspera que Guerrero Iraola hable con esa mezcla de palabras en español e inglés para indicar cuál es su cuna, para que todos sepan que fue a colegios bilingües y que viene de una larga línea de criadores, primero de animales y ahora de humanos. Uno nunca sabe si, alguna vez, va a tener que volver a negociar con este tipo de gente.

Urlet no deja que conteste y dice:

—Por supuesto, el *cavaler* está encantado con la idea y mis asistentes están agregando un plato a la mesa.

—*Great!* Y usted me imagino que viene a comer también.

—Sería un honor.

Pasan al salón donde los cazadores están fumando puros sentados en sillones de cuero de respaldo alto. Ya se sacaron las botas y los chalecos, y los asistentes les dieron sacos y corbatas para el almuerzo.

Un asistente toca una campana y todos se levantan para ir al comedor, donde se sientan a una mesa con vajilla inglesa, cuchillos de plata, copas de cristal. Las servilletas tienen bordadas las iniciales del coto de caza. Las sillas tienen respaldos altos con los asientos de terciopelo rojo y hay candelabros con velas encendidas.

Antes de entrar al comedor un asistente le pide que lo acompañe. Le da un saco para que se pruebe y una corbata haciendo juego. A él le parece ridícula toda la preparación, pero tiene que respetar las reglas de Urlet.

Cuando entra al comedor el resto de los cazadores lo miran extrañados, como si fuese un intruso. Pero Guerrero Iraola lo presenta:

—Este es Marcos Tejo, la mano derecha en el Frigorífico Krieg, uno de los tipos que más sabe del *business*, el más respetado y el más exigente.

Él jamás se hubiese presentado así a nadie. Si tuviese que decir con sinceridad quién es, diría: «Este es Marcos Tejo, un tipo al que se le murió un hijo y camina por la vida con un agujero en el pecho. Un tipo que está casado con una mujer rota. Se dedica a faenar humanos porque tiene que mantener a un padre demente que está encerrado en un geriátrico y que no lo reconoce. Está por tener un hijo con una hembra, uno de los actos más ilegales que puede cometer una persona, pero a él no le importa en lo más mínimo y ese hijo va a ser suyo».

Los cazadores lo saludan y Guerrero Iraola le dice que se siente a su lado.

Él debería estar volviendo a su casa. Tiene varias horas de viaje. Mira el celular y ve que Jazmín está durmiendo. Se tranquiliza.

Los asistentes sirven una sopa de hinojos al anís y después una entrada de dedos en reducción de jerez y verduras confitadas. Pero no los llaman dedos. Les dicen *fresh fingers*, como si las palabras en inglés pudiesen resignificar el hecho de que se están comiendo los dedos de varios humanos que hace unas horas respiraban.

Guerrero Iraola está hablando del cabaret Lulú. Habla en código porque se sabe que el lugar es un antro donde se dedican a la trata de personas, con el pequeño detalle de que, después de pagar por un servicio sexual, también se puede pagar por comerse a la mujer con la que uno estuvo en la cama. La suma es millonaria, pero la opción está, aunque es ilegal. Todos están metidos: políticos, la policía, jueces. Cada uno se lleva su porcentaje porque la trata de personas pasó de ser el tercer negocio millonario al primero. Son pocas las mujeres que son comidas, pero cada tanto pasa, como en el caso que cuenta Guerrero Iraola, que pareciera que pagó *«billions, billions»* por una rubia despampanante que lo volvió loco y después, claro, «había que ir más allá». Los cazadores se ríen y todos brindan, festejando la decisión de Guerrero Iraola.

—¿Y? ¿Cómo estuvo? —le pregunta uno de los cazadores más jóvenes.

Guerrero Iraola sólo atina a llevarse los dedos a la boca y hacer el gesto que indica que estuvo sabrosa. Ninguno puede admitir en público que se comió a una persona con nombre y apellido, excepto en el caso del músico que firmó su consentimiento. Pero Guerrero Iraola lo insinúa para demostrar que puede pagarlo y por eso lo invitó al almuerzo, para refregárselo en la cara. Él escucha cómo uno de los cazadores, que está muy cerca, le susurra a otro que la rubia despampanante en realidad era una virgencita de catorce años a la que había que ablandar y que Guerrero Iraola destrozó en la cama, la estuvo violando por horas. Que él estuvo ahí y que la chiquita estaba medio muerta cuando se la llevaron para sacrificarla.

Él piensa que el comercio carnal, en este caso, es literal y siente asco. Esto lo reflexiona mientras intenta comer las verduras confitadas, sin incluir los dedos que están cortados en trozos pequeños.

Urlet, que se sentó a su lado, lo mira y le dice al oído:

—Hay que respetar lo que se va a comer, *cavaler*. Todo plato tiene muerte. Piénselo como un sacrificio que algunos hicieron por otros.

Le vuelve a rozar la mano con las uñas y él siente un escalofrío. Cree poder escuchar el rasguño debajo de la piel de Urlet, el alarido contenido, la presencia que quiere salir. Se traga los *fresh fingers* porque quiere terminar e irse lo más rápido posible. No quiere discutir con Urlet ni con sus teorías artificiales. No le va a decir que un sacrificio, normalmente, requiere del consentimiento del sacrificado, ni le va a remarcar que todo tiene muerte, no sólo ese plato, y que también, él, Urlet, está muriendo a cada segundo que pasa, como todos ellos.

Se sorprende al sentir que los dedos están exquisitos. Se da cuenta de cuánto extraña comer carne.

Un asistente trae un solo plato y lo ubica frente al cazador que mató al músico. El asistente dice, de manera solemne:

—Lengua de Ulises Vox marinada en finas hierbas, servida sobre kimchi y papas al limón.

Todos aplauden y ríen. Alguien dice:

—Qué privilegio comer la lengua de Ulises. Después nos tenés que cantar una de sus canciones, a ver si sonás igual.

Y todos se ríen a carcajadas. Menos él, él no se ríe.

Al resto de los comensales les sirven el corazón, los ojos, los riñones, las nalgas. El pene de Ulises Vox se lo dan a Guerrero Iraola, que lo pidió especialmente.

—La tenía grande —dice Guerrero Iraola.

—¿Ahora sos puto?, te estás comiendo un zodape —le dice uno.

Todos ríen.

—No, me da potencia sexual. Es un afrodisíaco —contesta serio Guerrero Iraola y mira con desprecio al que lo llamó puto.

Todos se quedan callados. Nadie lo quiere contradecir porque es un tipo con poder. Alguien pregunta, para cambiar de tema y aliviar la tensión:

—¿Qué sería esto que estamos comiendo, este kimchi?

Se hace un silencio. Nadie sabe qué es kimchi, ni Guerrero Iraola que es un tipo con cierta instrucción, que viajó por el mundo, que sabe idiomas. Urlet disimula muy bien el desagrado que le genera comer con esa gente sin cultura ni refinamientos. Pero no lo disimula del todo. Contesta con un leve desprecio en la voz:

—El kimchi es un alimento preparado con vegetales que fueron fermentados durante un mes. Es de origen coreano. Los beneficios son múltiples, entre ellos, es un probiótico. Para mis invitados, siempre lo mejor.

—Tenemos los probióticos de las drogas duras que se inyectaba Ulises —dice uno y todos ríen a carcajadas.

Urlet no contesta. Sólo los mira con una media sonrisa pegada a la cara. Él sabe que la entidad, que eso que está ahí, rascando la piel de Urlet desde adentro, quiere aullar, quiere desgarrar el aire con un alarido cortante, afilado.

Guerrero Iraola pone orden con la mirada y pregunta:

—¿Cómo fue la caza de Ulises Vox?

—Lo agarré desprevenido en algo que parecía un escondite. Tuvo la mala suerte de moverse justo cuando pasaba.

—Claro, con tu oído biónico, nadie escapa —dice el que cazó a la embarazada.

—Lisandrito es un *master*, como todos los Núñez Guevara. Una familia con los mejores cazadores del país —dice Guerrero Iraola.

—La próxima estrella que nos traiga Urlet me la dejás a mí, pibe —le dice Guerrero Iraola señalándolo con el tenedor lleno de carne. Es una clara amenaza y Lisandrito baja los ojos.

Guerrero Iraola levanta la copa y todos brindan por Lisandrito y su linaje de cazadores de primera línea.

—¿Cuántos días le quedaban? —le pregunta alguien a Urlet.

—Hoy era su último día. Le quedaban cinco horas.

Todos aplauden y brindan.

Menos él. Él piensa en Jazmín.

6

Sabe que va a volver tarde a su casa. El viaje es largo, pero no quiere quedarse en un hotel como otras veces, cuando no estaba Jazmín. Está manejando hace varias horas, sabe que va a llegar a la noche.

Pasa por el zoológico abandonado. Sigue de largo porque está oscuro y porque no quiere ir nunca más. La última vez que fue todavía no sabía que Jazmín estaba embarazada. Necesitaba despejarse y quería ir al aviario.

Cuando estaba llegando a la zona escuchó gritos y risas. Venían del serpentario. Se acercó despacio, rodeando la construcción para ver si encontraba una ventana como para no tener que entrar.

Una de las paredes estaba rota. Se asomó con cuidado y vio a un grupo de adolescentes. Eran seis o siete. Tenían palos.

Estaban en el serpentario de los cachorros. Habían roto el vidrio. Pudo ver que los cachorros estaban ahí, acurrucados unos contra los otros, temblando, gimiendo de miedo.

Uno de los adolescentes agarró a uno de los cachorros, que él había acariciado unas semanas antes, y lo tiró al aire. Otro, el más alto, le pegó con el palo, como si fuese una pelota. El cachorro golpeó contra la pared y cayó al piso, muerto, muy cerca de otro.

Los adolescentes aplaudieron. Uno dijo:

—Quiero que les aplastemos el cerebro contra la pared. Quiero ver qué se siente.

Agarró al tercer cachorro y le golpeó reiteradas veces la cabeza contra la pared.

—Es como aplastar un melón, una mierda. Probemos con el último.

El último intentó defenderse, ladrar. Ese es Jagger, pensó mientras la rabia lo carcomía porque sabía que no podía rescatarlo, porque él solo no iba a poder contra ellos. El cachorro le mordió la mano al adolescente que lo iba a tirar al aire. Él sintió placer por la pequeña venganza de Jagger.

Todos se rieron, primero, y después se quedaron quietos, callados.

—Te vas a morir, pelotudo. Te dije que lo tenías que agarrar del cuello.

El adolescente se quedó en silencio sin saber cómo reaccionar.

—Ahora tenés el virus.

—Estás contaminado.

—Te vas a morir.

Todos se alejaron unos pasos, con miedo.

—El virus es un invento, pedazo de forros.

—Pero el gobierno…

—El gobierno ¿qué?, ¿le vas a creer algo a esa manga de corruptos chupasangre hijos de una gran puta que son los gobernantes?

Mientras decía esto sacudía a Jagger en el aire.

—No, pero hubo gente que se murió.

—No seas imbécil. ¿No te das cuenta de que nos controlan? Si nos comemos los unos a los otros, controlan la superpoblación, la pobreza, el crimen, ¿querés que siga?, ¿no lo ves claro?

—Sí, sí, como esa película prohibida donde, al final, se están comiendo unos a otros sin saberlo —dijo el más alto.

—¿Cuál?

—Esa... el título era algo como «el destino que nos alcanza» o alguna pelotudez del estilo. La vimos en la *deep web*, no es fácil de encontrar porque es una de las prohibidas.

—Ah, sí, boludo, me acuerdo. Es esa que comen las galletitas verdes que en realidad es gente amasada.

El adolescente que tiene a Jagger lo sacude con más fuerza en el aire y grita.

—Yo no me voy a morir por esta mierda de bicho.

Lo dijo con rencor y miedo, y tiró a Jagger contra la pared con fuerza. Jagger cayó al piso, pero seguía vivo, lloraba, se quejaba.

—¿Y si lo prendemos fuego? —preguntó otro.

Y él no pudo mirar más.

7

Cada tanto aparece por su casa un inspector de la Subsecretaría de Control de Cabezas Domésticas. Él los conoce a todos, a los que importan, porque cuando cerraron la Facultad de Ciencias Veterinarias, cuando el mundo era un caos, cuando su padre empezó a querer vivir dentro de los libros y lo llamaba a las tres de la mañana para decirle que quería hablar con el Barón Rampante para que lo ayudara a meterse dentro de las páginas, cuando después su padre le decía que los libros eran espías de una dimensión paralela, cuando los animales se convirtieron en una amenaza, cuando con una rapidez escalofriante el mundo se recompuso y el canibalismo se legitimó, él trabajó ahí, en la Subsecretaría. Lo llamaron por recomendación de los empleados del frigorífico del padre. Él fue una de las personas que redactó las normativas y reglas, pero trabajó menos de un año porque el sueldo era malo y tuvo que internar al padre.

Los de la Subsecretaría aparecieron por primera vez a los pocos días de la llegada de la hembra a su casa. La hembra que, en ese momento, no tenía nombre, que era un número en un registro, que era un problema, una cabeza doméstica como tantas otras.

El inspector era joven y no sabía que él había trabajado en la Subsecretaría. Lo llevó al galpón donde estaba la hembra acostada en una manta, atada, desnuda. El inspector no pareció asombrarse y sólo le preguntó si le había dado las vacunas correspondientes.

—Fue un regalo y todavía me estoy adaptando a tenerla. Pero, sí, tiene las vacunas, ahora te muestro los papeles.

—La puede vender. Es una PGP, vale una fortuna. Tengo una lista de compradores interesados.

—No sé qué voy a hacer todavía.

—No veo irregularidades. Sólo le aconsejaría tenerla un poco más limpia para evitar enfermedades. Recuerde que si decide faenarla tiene que contactarse con un especialista, que va a certificar que el trabajo se realizó y nos va a notificar del sacrificio de la cabeza para nuestros registros. Lo mismo si la quiere vender o si se le escapa o cualquier eventualidad que debamos registrar para que no haya futuros reclamos.

—Sí, lo tengo claro. Si la quiero faenar estoy certificado para hacerlo. Trabajo en un frigorífico. ¿Cómo anda el Gordo Pineda?

—¿El Señor Alfonso Pineda?

—Sí, el Gordo.

—Nadie le dice gordo, es nuestro jefe.

—¿Jefe el Gordo? No te lo puedo creer. Yo trabajé con él cuando los dos éramos unos pibes. Mandale saludos de mi parte.

Después de esa primera visita, el Gordo Pineda en persona se encargó de llamarlo para avisarle que cuando correspondiera la próxima inspección sólo le iban a pedir la firma, para no molestarlo.

—Hola, Tejito. Mirá si justo vos le vas a hacer algo a una hembra.

—Gordo querido, tanto tiempo.

—¡Eh, que ya no estoy más gordo! La bruja me obliga a tomar jugos y esas porquerías que come la gente sana. Ahora soy un flaco infeliz. A ver cuándo nos comemos un asado, Tejito.

El Gordo Pineda había sido su compañero en las primeras inspecciones que se hacían a los dueños de las primeras cabezas domésticas. La gente sabía qué estaba prohibido y qué no, pero no se esperaba una inspección y ellos fueron testigos de todo tipo de situaciones.

Las normativas se fueron ajustando a medida que se hacía el trabajo. Recuerda un caso en el que los atendió una mujer. Le preguntaron por la hembra, necesitaban ver los papeles, comprobar que estuviera vacunada y las condiciones habitacionales. La mujer se puso nerviosa y dijo que el marido, el dueño de la hembra, no estaba, que tenían que venir más tarde. Él lo miró al Gordo y los dos pensaron lo mismo. Corrieron a la mujer que intentaba cerrar la puerta y entraron a la casa. La mujer gritaba que no podían entrar, que era ilegal, que iba a llamar a la policía. El Gordo le dijo que estaban autorizados, que llamara a la policía si quería. Revisaron los cuartos y la hembra no estaba. Entonces a él se le ocurrió abrir placares, revisar debajo de las camas. Hasta que miraron debajo de la cama matrimonial. Había una caja de madera con rueditas, lo suficientemente grande para que entrara una persona acostada. La abrieron y ahí estaba la hembra, en lo que parecía un ataúd, sin poder moverse. No sabían qué hacer porque dentro de la normativa no estaba contemplado un caso del estilo. La hembra estaba sana y el ataúd de madera no era un lugar convencional para tenerla, pero tampoco podían multar por eso al dueño. Cuando la mujer entró al cuarto y vio que habían descubierto a la hembra, se quebró. Empezó a llorar, a decir que el marido tenía sexo con la hembra y no con ella, que estaba harta, que la habían reemplazado por un animal, que no soportaba la idea de dormir con ese bicho asqueroso debajo de la cama, que se sentía humillada y que, si tenía que terminar en el Matadero Municipal por cómplice, no le importaba, que ella sólo quería volver a su vida normal, a la vida de antes de la Transición. Con esa declaración, llamaron al equipo que se encargaba de revisar a las cabezas para comprobar que efectivamente habían sido «gozadas», que era la palabra oficial que se usaba en estos casos. La normativa especifica que el único medio de reproducción es el artificial, que el semen debe ser comprado en bancos especiales, que la implantación de la muestra debe ser realizada por profesionales idóneos y que todo el proceso debe quedar registrado y certificado de tal manera que, si la hembra queda preñada, a ese feto ya se le asigne un número de identificación. Por lo tanto, las hembras deben ser vírgenes. Tener sexo con una cabeza, gozarla, es ilegal y la condena es la muerte en el Matadero Municipal. El equipo especial fue a la casa y confirmó que la hembra había sido gozada «de todas las maneras posibles». El dueño, un hombre de unos sesenta años, fue condenado y lo mandaron directo al Matadero Municipal. La mujer recibió una multa y se le decomisó a la hembra, que fue vendida en una subasta a un menor precio por, como la llama la terminología, «gozación proscripta».

Después de dormir pocas horas por el viaje largo desde el coto de caza, se despierta sobresaltado. Escucha la bocina de un auto. Jazmín, que está a su lado, lo mira con los ojos muy abiertos. Está acostumbrada a quedarse quieta, mirándolo, porque ella duerme durante todo el día y por la noche él necesita que se quede tranquila, por eso la acostumbró atándola a la cama. No quiere que esté deambulando por la casa sin su control. No quiere que se lastime o le pase algo a su hijo.

Se levanta de un salto y corre la cortina. Ve a un hombre de traje, parado con la puerta abierta del auto y que, cada tanto, se agacha y toca la bocina.

«Es un inspector», piensa.

Abre la puerta de la entrada, en pijama, con la cara desfigurada del sueño.

—¿Señor Marcos Tejo?

—Sí, soy yo.

—Vengo de la Subsecretaría de Control de Cabezas Domésticas. La última inspección fue hace casi cinco meses, ¿verdad?

—Sí. Dame que te firmo y dejame seguir durmiendo.

El inspector lo mira primero sorprendido, después con autoridad y, subiendo el tono de voz, le dice:

—¿Cómo me dijo? ¿Dónde está la hembra, Señor Tejo?

—Mirá, el Gordo Pineda me llamó para decirme que sólo necesitaban una firma. El inspector anterior no tuvo drama.

—¿Se refiere al Señor Pineda? No trabaja más en el sector.

Él siente un escalofrío que le recorre la columna vertebral. Trata de pensar qué hacer. Si el inspector llega a descubrir que Jazmín está embarazada lo van a mandar al Matadero Municipal, pero, peor que eso, le van a sacar al hijo.

Trata de ganar tiempo para pensar qué hacer. Le dice:

—Pasá y tomate unos mates que estoy dormido. Dame unos minutos que me termine de despertar.

—Le agradezco, pero tengo que seguir. ¿Dónde está la hembra?

—Dale, entrá. Contame qué le pasó a Pineda.

El inspector duda. Él transpira, intenta disimular los nervios.

—Bueno, pero no me puedo quedar mucho tiempo.

Se sientan en la cocina. Prende el fuego y pone la pava. Prepara el mate mientras habla de cualquier cosa, del tiempo, de lo mal que están los caminos por esa zona, de si le gusta el trabajo. Cuando le da el mate, le dice:

—¿Me esperás unos minutos que me lavo la cara? Volví ayer de un viaje largo y casi no dormí. Me despertaste con los bocinazos.

—Pero antes de los bocinazos estuve aplaudiendo un buen rato.

—¿Sí? Disculpame. Pero tengo el sueño pesado, no te escuché para nada.

El inspector está incómodo. Se nota que se quiere ir, pero la mención del nombre de Pineda fue lo que lo hizo entrar y quedarse.

Va al cuarto y ve que Jazmín está en la cama, quieta. Cierra la puerta y va al baño a lavarse la cara. ¿Qué hacer? ¿Qué decir?

Vuelve a la cocina y le ofrece unos bizcochitos. El inspector los acepta con desconfianza.

—¿Lo rajaron al Gordo Pineda?

El inspector tarda en contestar. Se tensiona.

—¿Cómo lo conoce?

—Trabajé con él, cuando éramos unos pibes. Somos amigos. Fuimos inspectores juntos. Hacíamos tu trabajo cuando casi ninguna normativa era la definitiva, las fuimos adaptando.

El inspector parece relajarse un poco y lo mira con otros ojos. Con cierta admiración. Agarra otro bizcochito y esboza algo que parece una sonrisa.

—Yo recién arranco, hace menos de dos meses que estoy. Y al Señor Pineda lo ascendieron. No lo tuve como jefe, pero dicen que fue un gran jefe.

Él siente alivio, pero lo disimula.

—Sí, es un tipazo el Gordo. Esperame un segundo.

Va al cuarto y busca el celular. Marca el número del Gordo. Va a la cocina.

—Gordo, ¿cómo estás? Mirá, estoy acá con uno de tus inspectores. Quiere que le muestre a la hembra, yo estoy sin dormir, la tengo en el galpón, tengo que abrirlo, es un lío ¿no era que firmaba y a otra cosa?

Le pasa el celular al inspector.

—Sí, señor. Claro. No lo teníamos informado. Sí, desde ya. Usted no se preocupe.

El inspector deja el mate de lado, busca en el portafolio y le entrega un formulario y una lapicera. Le sonríe de manera artificial, tensa. Es una sonrisa que esconde muchas preguntas y una amenaza: ¿qué está haciendo con la hembra?, ¿la está gozando?, ¿la está usufructuando para algo ilegal? Ya vas a ver cuando el Gordo Pineda no esté más. Ya vas a ver, vos que tenés coronita, te la voy a hacer pagar.

Él lo ve claro. Ve las preguntas y la amenaza velada, pero no le importa. Sabe que puede truchar un certificado de faenado domiciliario, que en el frigorífico tiene todo lo que necesita, que ya no puede depender del Gordo Pineda, no después de esta visita. Quiere que se vaya, quiere volver a dormir, aunque sabe que ya no va a ser posible. Le devuelve el formulario y le pregunta:

—¿Te sirvo otro?

El inspector se para despacio. Guarda el formulario y le dice:

—No, gracias. Sigo.

Él lo acompaña a la puerta y le da la mano. El inspector no le aprieta la mano, se la pone blanda, sin vida, para que él haga el esfuerzo de saludarlo, de sostener esa mano que parece una masa amorfa, un pez muerto. Antes de darle la espalda, el inspector lo mira a los ojos y le dice:

—Qué fácil sería el trabajo si todos pudiesen firmar y nada más, ¿no?

Él no le responde. Le parece una impertinencia, pero la entiende. Entiende la impotencia de ese inspector joven que necesita alguna irregularidad para que su día valga la pena, de ese inspector que sabe que hay algo sospechoso en toda la escena y que tiene que renunciar a hacer su trabajo, de ese inspector que se nota que no es corrupto, que nunca hubiese aceptado una coima, que es un tipo honesto porque todavía no entiende algunas cosas, de ese inspector que le recuerda tanto a él mismo cuando era joven (antes del frigorífico, de las dudas, de su bebé, de la muerte diaria, seriada) y pensaba que el cumplimiento de las normativas era lo más importante y que en algún lugar inalcanzable de su mente se alegraba de la Transición, de ese trabajo nuevo, de formar parte de ese cambio histórico, de estar pensando reglas que la gente iba a tener que cumplir mucho después de que él desapareciera del mundo, porque las normativas, pensaba, «son mi legado, mi marca».

Nunca imaginó que él mismo iba a ignorar su propia ley.

8

Cuando se asegura de que el inspector ya se fue, de que el auto ya pasó la tranquera, vuelve a su cuarto, desata a Jazmín y la abraza. La abraza fuerte y le toca la panza.

Llora un poco y Jazmín lo mira sin entender, pero le toca la cara despacio, como si lo estuviera acariciando.

9

Tiene el día libre.

Prepara unos sándwiches, agarra una cerveza y un poco de agua para Jazmín. Busca la radio vieja, la que usaba cuando Koko y Pugliese todavía vivían y se va con Jazmín debajo del árbol donde están enterrados. Se quedan los dos, a la sombra, escuchando jazz instrumental.

Suenan temas de Miles Davis, Coltrane, Charlie Parker, Dizzy Gillespie. No hay palabras, sólo música y el cielo de un azul tan inmenso que resplandece y las hojas del árbol que se mueven apenas, y Jazmín que está apoyada sobre su pecho en silencio.

Cuando pasan un tema de Thelonious Monk él se para y levanta despacio a Jazmín. La abraza con cuidado y se empieza a mover, a balancearse. Jazmín primero no entiende y parece incómoda, pero después se deja llevar y sonríe. Él la besa en la frente, en la marca de fuego. Bailan lento, aunque el tema es rápido.

Se quedan el resto de la tarde debajo del árbol y él cree sentir cómo Koko y Pugliese bailan con ellos.

10

Se despierta con el llamado de Nélida.

—Hola, Marcos, ¿cómo estás, querido? Tu papá está un poco descompensado, nada grave, pero necesitamos que vengas, si es posible hoy.

—Hoy no lo creo, mañana mejor.

—No me estás entendiendo. Necesitamos que vengas hoy.

Él no le responde. Sabe lo que significa el llamado de Nélida, pero no lo quiere decir, no puede ponerlo en palabras.

—Ahora salgo, Nélida.

Deja a Jazmín en el cuarto. Sabe que va a tardar. Le prepara comida y agua para todo el día. La llama a Mari y le dice que no va a ir al frigorífico.

Maneja a toda velocidad. No porque piense que va a cambiar las cosas o porque crea que va a poder ver a su padre con vida, sino porque la velocidad lo ayuda a no pensar. Prende un cigarrillo y maneja. Empieza a toser, fuerte. Tira el cigarrillo por la ventana, pero sigue tosiendo. Siente algo en el pecho, como si fuese una piedra. Se lo golpea y tose.

Frena al costado de la ruta y apoya la cabeza en el volante. Se queda en silencio intentando respirar. Está justo en la entrada del zoológico. Mira el cartel roto y despintado con los animales dibujados que rodean la palabra «zoo», que ya casi no se ven. Sale del auto y camina hasta la entrada. El cartel está sobre el arco adintelado construido con piedras disparejas. Trepa por las piedras porque no es demasiado alto, y se queda parado detrás del cartel. Empieza a patearlo, a pegarle, a moverlo hasta que logra tirarlo. El sonido del cartel chocando contra el pasto es seco, como un golpe.

Ahora ese lugar no tiene nombre.

Llega al geriátrico y en la puerta lo espera Nélida, que lo abraza. Hola, querido, ¿ya te imaginás, no? No te lo quería decir por teléfono, pero necesitábamos que estuvieras acá hoy, para los trámites. Lo lamento tanto, querido, tanto, tanto.

Él sólo le dice: «Quiero verlo ahora».

—Sí, querido, vení que te llevo al cuarto.

Nélida lo lleva al cuarto del padre. Hay mucha luz natural y está completamente ordenado. En la mesa de luz hay una foto de su madre con él en brazos cuando era un bebé. Hay frascos con pastillas y una lámpara.

Se sienta en una silla al lado de la cama donde el padre está acostado, con las manos cruzadas sobre el pecho. Está peinado y perfumado. Está muerto.

—¿Cuándo fue?

—Hoy muy temprano. Murió mientras dormía.

Nélida cierra la puerta y lo deja solo.

Le toca las manos, pero están heladas y no puede evitar sacar las suyas. No siente nada. Quiere llorar, abrazarlo, pero mira ese cuerpo como si fuese el de un extraño. Piensa que ahora el padre está libre de la locura, del mundo atroz, y siente algo que parece alivio, pero en realidad es la piedra en el pecho que se agranda.

Se asoma a la ventana que da al jardín. Ve un colibrí justo a la altura de sus ojos. Parece que lo mira, por unos segundos. Él quisiera tocarlo, pero el colibrí se mueve rápido y desaparece. Piensa que no hay manera de que algo tan hermoso y pequeño haga daño. Piensa que, quizás, ese colibrí es el espíritu del padre que lo está despidiendo.

Siente que la piedra se mueve en el pecho y se larga a llorar.

11

Sale del cuarto. Nélida le pide que la acompañe para firmar los papeles. Entran a su oficina. Le ofrece un café que él rechaza. Nélida está nerviosa, mueve los papeles, toma un poco de agua. Él piensa que esto debería ser una rutina para ella y que no debería retrasar el trámite como lo está haciendo.

—¿Qué te pasa, Nélida?

Ella lo mira con desconcierto. Nunca había sido tan directo, ni tan agresivo.

—No, nada, querido, es que tuve que llamar a tu hermana.

Lo mira con algo de culpa, pero con decisión.

—Es que son las reglas del geriátrico y no hay excepciones, querido. Vos sabés que yo te adoro, pero pongo en riesgo mi trabajo. Mirá si después tu hermana viene y nos arma un escándalo. Nos ha pasado.

—Está bien.

En otro momento él la hubiese consolado con alguna frase del estilo «no te preocupes» o «no pasa nada», pero ese día no.

—Tendrías que firmar el consentimiento para cremarlo. Tu hermana ya me lo mandó firmado de manera virtual, pero me aclaró que no puede asistir a la cremación. Nos podemos ocupar nosotros de contactarnos con la Casa de Sepelios si a vos te parece.

—Sí, me parece bien.

—Claro que a la cremación tendrías que asistir, para corroborarla. Ahí te van a dar la urna.

—Está bien.

—¿Vas a querer hacer un simulacro de funeral?

—No.

—Claro, ya casi nadie los hace. ¿Pero la reunión de despedida, sí?

—No.

Nélida lo mira sorprendida. Toma más agua, y se cruza de brazos.

—Tu hermana quiere hacer una reunión y, legalmente, tiene derecho. Entiendo que vos te quieras negar, pero ella está decidida a despedirlo.

Él respira hondo. Siente un cansancio demoledor. La piedra, ahora, le ocupa todo el pecho. No va a discutir con nadie. Ni con Nélida, ni con su hermana, ni con toda la gente que va a ir a ese simulacro de velatorio, al que le llaman «despedida», para quedar bien con su hermana, esa gente que nunca conoció al padre, que jamás se ocupó de preguntar cómo andaba. Después se ríe y contesta:

—Bueno. Que lo haga. Que se ocupe de algo, al menos. De una sola cosa.

Nélida lo mira con sorpresa y algo de lástima.

—Entiendo tu enojo y tenés razón, además, pero es tu hermana. La familia es una sola.

Él trata de pensar cuál fue el momento en el que Nélida pasó de ser una empleada en un geriátrico a ocupar el rol de una persona que se cree con derecho a dar consejos y a opinar y a caer una y otra vez en frases hechas, en clichés irritantes.

—Dame los papeles, Nélida. Por favor.

Nélida se retrae. Lo mira descolocada. Él siempre fue amable con ella, hasta cariñoso. Le da los papeles en silencio. Él firma y le dice:

—Quiero que lo cremen hoy, ahora.

—Sí, querido. Después de la Transición se aceleró todo. Vos esperame en la salita que yo me ocupo. Lo van a pasar a buscar en un coche común, ¿sabés? Los fúnebres no se usan más.

—Sí, eso lo sabe todo el mundo.

—No, bueno, yo te lo aclaro porque hay mucha gente despistada, que cree que las cosas, en este sentido, no cambiaron.

—¿Cómo no van a cambiar después de los ataques? Salieron en todos los diarios. Nadie quiere que le coman al familiar muerto yendo al cementerio, Nélida.

—Disculpame, estoy nerviosa. No pienso con claridad. Yo lo quería mucho a tu papá y me resulta tan difícil todo esto.

Se hace un silencio largo. Él tampoco va a concederle esa disculpa. La mira con impaciencia. Ella se altera.

—Sé que no me corresponde, Marcos, ¿pero vos estás bien? Ya sé que esta noticia es muy triste, pero hace un tiempo que te noto raro, con ojeras, con cara de cansado.

Él la mira sin responderle, y ella sigue:

—Y bueno, después vos vas con el coche y en todo momento vas a estar al lado de tu papá, incluso en el momento de la cremación.

—Lo sé, Nélida. Ya pasé por esto.

Ella se pone blanca. Claro, no lo había pensado y ahora cae en la cuenta. Se para con rapidez y le dice «disculpame, soy una vieja idiota, disculpame». Y sigue pidiéndole disculpas hasta que llegan a la salita donde él se sienta y ella le ofrece algo de tomar para, después, alejarse en silencio.

12

Vuelve a su casa con las cenizas del padre en el auto. Están en el asiento del acompañante porque no sabía dónde poner la urna. El trámite fue rápido. Vio el cuerpo del padre entrando en el horno, despacio, en el ataúd transparente. No sintió nada, o quizás alivio.

La hermana ya lo llamó cuatro veces al celular. No la atendió. Sabe que es capaz de ir a su casa a buscar las cenizas, sabe que es capaz de cualquier cosa con tal de cumplir con la convención social de despedir al padre. Va a tener que atenderla eventualmente.

Pasa por el que fue el zoológico, el que ahora no tiene nombre. Es tarde, pero frena. Todavía hay algo de luz natural.

Baja del auto y agarra la urna con las dos manos. Mira el cartel en el piso y entra.

Camina directo al aviario. Ni siquiera piensa en la fosa de los leones. Escucha gritos, pero están lejos. Deben ser adolescentes, piensa, deben ser los que mataron a los cachorros.

Llega al aviario y sube la escalera que lo lleva al puente colgante. Se acuesta mirando el techo vidriado, el cielo naranja y rosa, la noche que se acerca.

Recuerda cuando el padre lo llevó al aviario. Se sentaron muy juntos en los bancos que había abajo y el padre le habló durante horas de las distintas especies de aves, de sus costumbres, de los colores de las hembras y de los machos, de las que cantaban de noche o de día, de las que migraban. La voz del padre era como un algodón de colores brillantes, suave, enorme, bellísima. Nunca lo había escuchado así, no desde la muerte de la madre. Y cuando subieron al puente colgante el padre le señaló el vitral del hombre con alas acompañado por pájaros y sonrió. Le dijo: «Todos dicen que cayó porque voló demasiado cerca del sol, pero voló, ¿entendés, hijo? Pudo volar. No importa caer, si fuiste un pájaro al menos por unos segundos».

Se queda un rato silbando una canción que cantaba su padre: *Summertime* de Gershwin. El padre siempre ponía la versión de Ella Fitzgerald y Louis Armstrong. Decía: «Es la mejor, es la que me emociona hasta las lágrimas». Un día vio a sus padres bailando al ritmo de la trompeta de Armstrong. Estaban en penumbras y se quedó un rato largo mirándolos en silencio. El padre acarició a la madre en la mejilla y él, siendo muy chico, sintió que eso era amor. No podía ponerlo en palabras, no en ese momento, pero lo supo en el cuerpo como cuando se reconoce algo verdadero.

La que intentó enseñarle a silbar fue su madre, pero a él no le salía. Un día el padre lo llevó a caminar y le enseñó. Le dijo que cuando su madre lo intentara otra vez él tenía que disimular, tenía que parecer que le costaba y después que le saliera. Cuando pudo silbar frente a su madre ella dio pequeños saltos de alegría, aplaudiéndolo. Recuerda cómo desde ese día los tres silbaban juntos, como un terceto desprolijo, pero alegre. La hermana, que era un bebé, los miraba con ojos brillantes y sonreía.

Se para, abre la tapa de la urna y tira las cenizas desde el puente. Las ve caer despacio. Dice: «Chau, pa, te voy a extrañar».

Baja, sale del aviario, y camina hasta los juegos para chicos. Se agacha y junta arena, la suficiente para llenar la urna. Es arena con basura, pero no hace el esfuerzo por limpiarla.

Se sienta en una de las hamacas y prende un cigarrillo. Cuando lo termina lo apaga dentro de la urna y cierra la tapa.

Eso es lo que va a recibir la hermana: una urna con arena sucia de un zoológico abandonado sin nombre.

13

Vuelve a su casa con la urna en el baúl. La hermana ya lo llamó muchas veces. Lo vuelve a llamar. Él mira el celular con impaciencia. La pone en altavoz:

—Hola, Marquitos, ¿por qué no te veo?

—Estoy manejando.

—Ah, claro. ¿Cómo estás con lo de papá?

—Bien.

—Te llamaba para decirte que estoy organizando la despedida en casa. Me parece lo más práctico.

Él no contesta. La piedra en el pecho se mueve, crece.

—Quería pedirte que me trajeras la urna hoy o mañana. También puedo ir a tu casa a buscarla, aunque no sería lo ideal por la distancia, ¿viste?

—No.

—¿Cómo que no?

—No. Ni hoy, ni mañana. Cuando yo te diga.

—Pero, Marqui...

—Pero nada. Te la voy a llevar cuando yo quiera y la despedida la vas a hacer cuando a mí me venga bien. ¿Te queda claro?

—Bueno, sí, entiendo que estés mal, pero podrías hablarme con otro to…

Él corta la comunicación.

14

Llega a su casa tarde. Está cansado. Estuvo monitoreando a Jazmín en el celular todo el día. Sabe que está durmiendo.

No le abre la puerta del cuarto.

Va a la cocina y agarra una botella de whisky. Se queda en la hamaca paraguaya acostado, tomando. No hay estrellas en el cielo. Es una noche cerrada. Tampoco hay luciérnagas. Es como si el mundo entero se hubiese apagado y quedado en silencio.

Se despierta con el sol, que le pega en la cara. Mira la botella vacía, tirada a un costado. No entiende dónde está hasta que se mueve y la hamaca se balancea un poco.

Sale de la hamaca a los tumbos y se sienta en el pasto con el sol de la mañana en el cuerpo. Se agarra la cabeza con las manos. Le duele. Se acuesta en el pasto y mira el cielo. Es de un azul incandescente. No hay nubes y piensa que si estira los brazos puede tocar el azul de tan cerca que lo siente.

Sabe que soñó y recuerda el sueño perfectamente, pero no quiere pensar, solo quiere perderse en ese azul radiante.

Baja los brazos, cierra los ojos y deja que las imágenes y sensaciones del sueño se proyecten en su cerebro, como una película.

Está en el aviario. Sabe que es antes de la Transición, que todavía no hay nada roto. Está parado en el puente colgante que no tiene los vidrios que lo protegen. Mira al techo y ve la imagen del hombre volando en el vitral. El hombre lo mira. Él no se sorprende de que la imagen tenga vida, pero deja de mirarlo porque siente el ruido ensordecedor de millones de aleteos. Pero no hay pájaros. El aviario está vacío. Vuelve a mirar al hombre, a Ícaro, que ya no está en el vitral. Cayó, piensa, se derrumbó, pero voló. Baja la vista y ve a los costados del puente, en el aire, colibríes, cuervos, petirrojos, jilgueros, águilas, mirlos, ruiseñores, murciélagos. También hay mariposas. Pero todos están estáticos. Parecieran vitrificados, como las palabras de Urlet. Como si estuviesen dentro de un ámbar transparente. Siente que el aire se vuelve más liviano, pero los pájaros no se mueven. Todos lo miran con las alas abiertas. Están muy cerca, pero él los ve lejos, ocupando todo el espacio, todo el aire que respira. Se acerca a un colibrí y lo toca. El pájaro cae al piso y se estrella como si fuese de cristal. Se acerca a una mariposa con las alas de un azul claro casi fosforescente. Las alas tiemblan, vibran, pero la mariposa está quieta. La agarra con las dos manos, teniendo mucho cuidado de no lastimarla. La mariposa se convierte en polvo. Se acerca a un ruiseñor, lo va a tocar, pero no lo hace. Deja su dedo muy cerca porque le parece muy hermoso y no lo quiere destruir. El ruiseñor se mueve, aletea un poco y abre el pico. No canta, grita. Grita de manera estridente y desesperada. Es un alarido cargado de odio. Él se va, corre, huye. Sale del aviario y el zoológico está a oscuras, pero puede ver figuras de hombres. Se da cuenta de que esos hombres son él mismo repetido al infinito. Todos están con la boca abierta y desnudos. Él sabe que dicen algo, pero el silencio es total. Se acerca a uno de los hombres y lo sacude. Necesita que hable, que se mueva. El hombre, él mismo, se desplaza con una lentitud exasperante y mientras lo hace va matando al resto. No les pega con una maza, no los estrangula, no los acuchilla. Sólo les habla y ellos, él mismo, van cayendo uno a uno. Después ese hombre, él mismo, se acerca y lo abraza. Lo hace tan fuerte que él no puede respirar y forcejea hasta que logra soltarse. El hombre, él mismo, intenta acercarse y decirle algo al oído, pero él sale corriendo porque no quiere morir. Mientras corre siente que la piedra del pecho se balancea y lo golpea en el corazón. Del zoológico pasa a un bosque. En los árboles cuelgan ojos, manos, orejas humanas y bebés. Se sube a uno de los árboles para agarrar a uno de los bebés, pero cuando lo logra, cuando lo tiene en los brazos el bebé desaparece. Se sube a otro árbol y el bebé se convierte en un humo negro. Se sube a otro árbol y las orejas se le pegan al cuerpo. Intenta sacárselas como si fuesen sanguijuelas, pero le arrancan la piel. Cuando llega al bebé de ese árbol ve que está cubierto de orejas humanas y que ya no respira. Entonces ruge, aúlla, croa, berrea, ladra, maúlla, cacarea, relincha, rebuzna, grazna, muge, llora.

Abre los ojos y sólo ve el azul deslumbrante. Entonces, grita de verdad.

15

Tiene que irse. Le deja comida y agua a Jazmín. Apenas abre la puerta ella lo abraza con fuerza. Hace tiempo que no la deja sola tantas horas. La besa rápido, la sienta en los colchones con cuidado y cierra la puerta con llave.

Se sube al auto. Tiene que ir al Laboratorio Valka. Marca el celular de Krieg.

—Hola, Marcos. Ya me dijo Mari. Lo siento tanto.

—Gracias.

—No es necesario que vayas al laboratorio. Les puedo avisar que vas más adelante.

—Voy a ir, pero es la última vez.

El silencio de Krieg es pesado. No está acostumbrado al tono con el que le están hablando.

—De ninguna manera. Necesito que vayas vos.

—Voy a ir hoy. Después voy a entrenar a otra persona para que vaya.

—No me estás entendiendo. El laboratorio es uno de los clientes que más pagan, necesito al mejor ahí.

—Estoy entendiendo perfectamente. No voy a ir más.

Por unos segundos Krieg no dice nada.

—Bueno, quizás no es el mejor momento para hablarlo dadas las circunstancias.

—Este es el momento y es la última vez que voy o mañana entrego mi renuncia.

—¡¿Cómo?! No, de ninguna manera, Marcos. Entrená a una persona. Empezá cuando quieras. No se habla más del asunto. Tomate el tiempo que necesites para descansar. Hablamos en otro momento.

Él corta sin despedirse. Detesta a la doctora Valka y a su laboratorio de horrores.

Para entrar al laboratorio tiene que entregar su documento, le hacen un *scan retinal*, tiene que firmar varios papeles y lo revisan en un cuarto especial para ver si tiene cámaras o cualquier cosa que comprometa la confidencialidad de los experimentos que hacen.

Un guardia de seguridad lo acompaña al piso donde lo espera la doctora. Ella no debería hacer ese trabajo, el de hablar con empleados de un frigorífico para que le seleccionen a los mejores especímenes, pero la doctora Valka es obsesiva, detallista, y según le dice siempre «los especímenes lo son todo, necesito precisión si quiero tener éxito». Le exige que sean PGP, los más difíciles de conseguir. Los modificados, los descarta sin miramientos. Le pide las cosas más ridículas como medidas de extremidades exactas, ojos juntos o separados, que tengan la frente hundida, gran capacidad orbitaria, que cicatricen rápido o lento, orejas grandes o pequeñas y la lista cambia cada vez que la visita con pedidos insólitos. Si un espécimen no cumple con los requisitos se lo devuelve y pide un descuento general por haberla hecho perder tiempo y dinero. Por supuesto, él ya no se equivoca.

El saludo siempre es frío. Él le da la mano, pero ella invariablemente lo mira como si no entendiera y hace un gesto con la cabeza, algo que se asemeja a un saludo.

—Doctora Valka, ¿cómo le va?

—Me acaban de dar uno de los premios más prestigiosos a la investigación e innovación. Por lo tanto, estoy muy bien.

Él la mira sin contestarle. Sólo está pensando que es la última vez que la va a ver, que es la última vez que va a escucharla, que es la última vez que va a entrar a ese lugar. Como él no la felicita, y ella espera una felicitación, le pregunta:

—¿Qué?

—No dije nada.

Lo mira desconcertada. En otro momento él la hubiese felicitado.

—Es que el trabajo que hacemos en el Laboratorio Valka es de vital importancia porque, al experimentar con estos especímenes, los resultados son otros. Con avances sustanciales que jamás hubiésemos logrado con los animales. Nosotros ofrecemos un concepto distinto y avanzado del manejo de los especímenes y nuestros protocolos de trabajo se cumplen de manera férrea.

Ella sigue hablando, como siempre, con el mismo discurso formateado por un equipo de marketing, con esas palabras que se parecen a la lava de un volcán que nunca cesa, pero es una lava fría y viscosa. Son palabras que se le pegan al cuerpo y él sólo siente repulsión.

—¿Qué? —le pregunta la doctora porque, en algún lugar del monólogo, estaba esperando una respuesta que él no le va a dar porque dejó de escucharla.

—No dije nada.

Ella lo mira extrañada. Él siempre fue atento, siempre la escuchó y habló lo justo y necesario para que ella sintiera que él estaba interesado. La doctora Valka nunca le va a preguntar si está bien, si le pasa algo porque él es sólo un reflejo de ella, un espejo para que ella siga hablando sobre sus logros.

Ella se levanta. Le va a hacer el recorrido de siempre, ese recorrido que las primeras veces le daba arcadas, dolor de panza, pesadillas. Es un recorrido inútil porque él sólo necesita la lista con el pedido y que le explique los casos más complejos de conseguir. Pero a ella le interesa que él entienda con precisión cada experimento para que le consiga los ejemplares más adecuados.

La doctora Valka agarra el bastón y se para. Tuvo un accidente con un espécimen hace unos años. Según lo que se sabe, un asistente se descuidó dejando una jaula entreabierta. Cuando la doctora, que se queda trabajando hasta altas horas, fue a hacer el recorrido de control, el espécimen la atacó y le comió parte de la pierna. Él cree que el asistente no se descuidó, cree que se vengó porque Valka es famosa por la exigencia y el maltrato con sus empleados, por sus comentarios hirientes, pero como su laboratorio es el más grande y prestigioso la gente resiste, hasta que no lo hacen más. Él sabe que al principio la llamaban a escondidas la «doctora Mengele», pero experimentar con humanos también se naturalizó y ella pasó a ganar premios.

Cuando camina se balancea y habla. Pareciera que necesitara sostenerse con las palabras que salen de la boca sin descanso. Le repite siempre los mismos discursos: lo difícil que es, todavía en ese siglo, ser mujer y profesional, que la gente la sigue prejuzgando, que recién ahora está logrando que la saluden a ella y no a su asistente, que es hombre, pensando que es el director del laboratorio, que ella eligió no formar una familia y socialmente se lo hacen pagar porque la gente sigue pensando que las mujeres tienen que cumplir algún designio biológico, que su gran logro en la vida fue seguir adelante, nunca claudicar, que ser hombre es tanto más fácil, que esa es su familia, el laboratorio, pero nadie logra entenderlo, no de verdad, que ella está revolucionando la medicina y la gente se sigue fijando si los zapatos que usa son femeninos o si se le notan las raíces porque no tuvo tiempo de ir a la peluquería o si subió de peso.

Él coincide con todo lo que ella dice, pero no soporta sus palabras, que son como minúsculos renacuajos que se arrastran dejando una estela pegajosa, que reptan hasta acumularse unos arriba de otros y se pudren y vician el aire con un olor rancio. No le contesta porque también sabe que tiene pocas empleadas mujeres, que si alguna queda embarazada ella la desprecia ignorándola.

Ella le muestra una jaula y le dice que ese espécimen es adicto a la heroína, que se la están suministrando hace años para estudiar las causas que producen la adicción. «Cuando lo anulemos vamos a estudiar su cerebro.» Anulemos, piensa, otra palabra que silencia el espanto.

La doctora Valka sigue hablando, pero él ya no la escucha. Ve a especímenes sin ojos, a otros enganchados a tubos con los que respiran nicotina a toda hora, a otros con aparatos en la cabeza, pegados al cráneo, a otros que parecen famélicos, a otros con cables que les salen de todo el cuerpo, ve asistentes realizando vivisecciones, ve a otros sacándoles pedazos de piel de los brazos a especímenes sin anestesia, ve ejemplares en jaulas donde sabe que el piso está electrificado. Piensa que el frigorífico es mejor que ese lugar, al menos la muerte es rápida.

Pasan por una sala donde puede ver un espécimen en una mesa. Tiene el pecho abierto y el corazón le late. Hay varias personas alrededor, estudiándolo. La doctora Valka se queda mirando por la ventana. Le dice que es maravilloso registrar el funcionamiento de los órganos con el ejemplar vivo y consciente. Que le dieron un sedante leve para que no se desmaye del dolor y, agrega emocionada, ¡qué belleza ese corazón latiendo! ¿No es una maravilla?

Él no le contesta.

Ella le pregunta:

—¿Qué?

—No dije nada —pero ahora le responde mirándola a los ojos, con algo de hartazgo e impaciencia.

Ella lo mira en silencio de arriba abajo, como si lo estuviese escaneando. Es una mirada que pretende irradiar autoridad, pero él la ignora. Como si no supiese qué hacer ante la indiferencia de él, lo lleva a una sala nueva, una en la que nunca entró. Hay hembras en jaulas con sus bebés. Se paran frente a una jaula donde la hembra parece muerta y un bebé de unos dos o tres años llora sin parar. Ella le explica que sedaron a la madre para estudiar las reacciones del crío.

—¿Cuál es el sentido de hacer eso?, ¿no es evidente cuál va a ser la reacción? —le pregunta.

Ella no le responde y sigue caminando, golpeando el bastón en el piso, marcando cada paso, con ira contenida. A él no le importa que ella se esté impacientando, pero no sepa cómo reaccionar ante todas sus desatenciones. Tampoco le molesta saber que se va a quejar con Krieg. Si se queja, mejor, piensa. Me aseguro de no volver de manera definitiva.

Pasan por una sala nueva que él no recuerda haber visto. No entran. Ve por las ventanas que hay animales en jaulas. Llega a distinguir perros, conejos, algún gato. Entonces, le pregunta:

—¿Están buscando la cura para el virus? Digo, porque tienen animales. ¿No es peligroso tenerlos?

—Todo lo que hacemos acá es confidencial. Por eso cada vez que alguien ajeno pisa este laboratorio firma un acuerdo de confidencialidad.

—Sí, claro.

—Sólo me interesa hablar de los experimentos para los cuales necesito especímenes que me pueden conseguir.

La doctora Valka nunca lo llama por su nombre, porque no le interesa memorizarlo. Él sospecha que los animales enjaulados son una fachada. Mientras haya alguien que los estudia, que busca la cura, el virus es real.

—Es raro que nadie haya encontrado la cura, ¿no? Con laboratorios tan avanzados que hacen experimentos de vanguardia...

La doctora no lo mira, ni le responde, pero él siente que los pequeños renacuajos que ella tiene en la garganta están al borde de estallar.

—Necesito especímenes fuertes. Dejame que te muestre.

Lo lleva a una sala en otro piso donde los ejemplares, todos machos, están sentados en asientos parecidos a los de los autos. Están inmovilizados y tienen la cabeza dentro de una suerte de casco que parece una estructura cuadrada conformada por barras de metal. Un asistente toca un botón y la estructura se mueve a gran velocidad golpeando la cabeza del espécimen sobre un tablero sensible que registra la cantidad, velocidad y el impacto de esos golpes. Algunos ejemplares parecen muertos porque no reaccionan cuando los asistentes tratan de despertarlos, otros miran desorientados y con expresiones de dolor. Valka dice:

—Simulamos choques automovilísticos y recogemos datos para que se construyan autos más seguros. Por eso necesito más especímenes machos que sean fuertes, para que resistan varias pruebas.

Él sabe que ella pretende que él diga algo sobre el maravilloso trabajo que hacen, un trabajo que puede salvar vidas, pero él sólo siente que la piedra le aprieta el pecho.

Un asistente se acerca y le da algo para firmar a la doctora.

—¿Qué es esto? ¿Cómo que estoy firmando esto ahora? ¿Cómo no me lo trajiste antes?

—Se lo traje, pero usted me dijo que después.

—No me podés responder eso. Si yo te digo después, es ahora, más con algo de esta importancia. Te pago para que pienses. Andá.

Él no la está mirando, pero ella le dice:

—La inutilidad de esta gente no tiene nombre.

Él no le responde porque cree que trabajar con esa mujer debe ser totalmente desquiciante. Le gustaría decirle que «después» es después y que hablar mal de los empleados sólo la muestra a ella como una jefa desleal. Lo piensa mejor y se lo dice:

—¿Inutilidad? ¿No es usted la que los contrata?

Ella lo mira furiosa.

Él siente que la lava volcánica, fría y viscosa, va a erupcionar en cualquier momento. Pero ella respira hondo y le contesta:

—Retirate, por favor. Le mando la lista directo a Krieg.

Esto último se lo dice como una amenaza, pero él la ignora. Quisiera responderle tantas otras cosas, pero la saluda con una sonrisa, se pone las manos en los bolsillos del pantalón y se da media vuelta. Se va silbando por el pasillo mientras escucha cómo los golpes indignados del bastón se alejan poco a poco.

16

Cuando está subiendo al auto lo llama su ex mujer.

—Hola, Marcos. Te veo pixelado. Hola, ¿me escuchás, me podés ver?

—Hola, Cecilia. Sí, hola. Te escucho, pero mal.

—Marc.

Y se corta la comunicación. Él maneja un rato, frena y la vuelve a llamar.

—Hola, Cecilia. Estaba en una zona que tiene mala señal.

—Me enteré de lo de tu papá. Me llamó Nelly. ¿Cómo estás?, ¿querés que nos veamos?

—Estoy bien. Te agradezco, pero prefiero estar solo.

—Entiendo. ¿Le vas a hacer una despedida?

—Marisa se la va a hacer.

—Claro, era de esperarse. ¿Querés que vaya?

—No, gracias. No sé siquiera si voy a ir yo.

—Te extraño, ¿sabés?

Él se queda en silencio. Es la primera vez que le dice que lo extraña desde que se fue a lo de su madre. Ella sigue:

—Te veo diferente, raro.

—Soy el mismo.

—Es que hace tiempo que te noto más distante.

—No querés volver a casa. ¿Pretendés que te espere toda la vida?

—No, bueno, pero me gustaría que hablemos.

—Cuando yo esté más tranquilo te llamo. ¿Te parece?

Ella lo mira con esa mirada que tenía siempre que no podía entender una situación o que algo la superaba. Era una mirada alerta, pero triste, una mirada parecida a la de esas fotos viejas color sepia.

—Está bien, lo que vos digas. Avisame cualquier cosa que necesites, Marcos.

—Ok. Que estés bien.

Llega a su casa. Abraza a Jazmín y le silba *Summertime* al oído.

17

La hermana lo llamó una cantidad innumerable de veces para organizar la despedida al padre. Le aclaró que ella se iba a ocupar de todo, «hasta de los costos». Cuando él la escuchó decirlo, primero sonrió y después sintió unas ganas enormes de no verla nunca más.

Se levanta temprano porque tiene que llegar en horario a la ciudad. Se baña con Jazmín para controlar que ella no se golpee. Le prepara el cuarto, lo limpia, le deja comida y agua para que esté tranquila por varias horas. Le chequea el pulso y la presión. Desde que se enteró que ella estaba embarazada se armó un botiquín completo, compró libros del tema, se llevó del frigorífico un ecógrafo portátil para chequear a las hembras preñadas que después mandan al coto de caza, y se entrenó para poder atenderla y seguir su estado. Sabe que no es lo ideal pero es su única posibilidad porque, de llamar a un especialista, tendría que dejar constancia del embarazo y mostrar los papeles de la inseminación artificial.

Se pone un traje y sale.

Mientras maneja, su hermana lo vuelve a llamar.

—Marquitos. ¿Estás viniendo?, ¿por qué no te puedo ver?

—Estoy manejando.

—Ah, bueno, y ¿cuándo llegás?

—No sé.

—La gente ya está empezando a llegar. A mí me gustaría tener la urna, ¿viste? Porque sin la urna esto no tiene sentido.

Él le corta sin contestarle. Ella lo llama otra vez, pero él apaga el celular. Empieza a reducir la velocidad. Se va a tomar el tiempo que necesite.

Llega a la casa de su hermana. Ve a un grupo de personas que entran con paraguas. Sale del auto y saca la urna plateada del baúl. Se la pone debajo del brazo. Toca el timbre y lo atiende la hermana.

—Al fin. ¿Le pasó algo a tu celular? No pude volver a llamarte.

—Lo apagué. Tomá la urna.

—Pasá, pasá que estás sin paraguas otra vez. ¿Vos te querés morir?

Mientras se lo dice, la hermana mira al cielo. Después agarra la urna.

—Pobre papá. Una vida con tantos sacrificios. Al final, no somos nada.

Mira a su hermana y nota algo raro. La mira mejor y se da cuenta de que está maquillada, que fue a la peluquería y que tiene un vestido negro apretado al cuerpo. Nada muy estridente como para que la falta de respeto no sea total, pero sí lo suficientemente producida para lucirse en el que, sin dudas, es su evento.

—Pasá. Servite lo que quieras.

Él pasa al salón donde los invitados están reunidos alrededor de la mesa del comedor. La corrieron contra una pared y pusieron distintos platos con comida para que la gente se sirviera. Ve que la hermana lleva la urna a una mesa más pequeña donde hay una caja transparente que parece de vidrio labrado. Pone la urna dentro de esa caja con cuidado y con cierta altisonancia para que la gente vea el respeto que tiene por el padre. Al lado hay un marco electrónico con fotos del padre que se van alternando, un jarrón con flores y, dentro de una canasta, souvenirs con la foto del padre y la fecha de nacimiento y muerte. Las fotos del padre fueron retocadas. Él no recuerda que el padre se sacara una foto con la hermana y su familia, ni tampoco tiene ningún registro de que el padre haya abrazado a los nietos porque los nietos nunca lo visitaron en el geriátrico. En otra de las fotos aparecen la hermana y el padre en el zoológico. Él recuerda ese día, la hermana era un bebé. La hermana lo borró y se agregó ella. La gente se le acerca y la consuela. Ella saca un pañuelo y se lo pasa por los ojos sin lágrimas.

No conoce a nadie. Tampoco tiene hambre. Se sienta en un sillón y empieza a mirar a la gente. Ve a sus sobrinos en una esquina, vestidos de negro, mirando el celular. Ellos lo ven y no lo saludan. Él tampoco tiene ganas de pararse para hablarles. La gente parece aburrida. Comen cosas de la mesa, hablan en voz baja. Escucha que un tipo alto, trajeado, que tiene pinta de abogado o contador le dice a otro: «El precio de la carne bajó muchísimo en este tiempo. El bife especial que hace dos meses te salía una cosa ahora te sale mucho menos. Leí un artículo que relaciona la baja con el hecho de que India se sumó oficialmente a la venta y exportación de carne especial, que antes tenía prohibida, y la venden muy barata, ahora». El otro, un pelado con una cara olvidable, se ríe y dice: «Y sí, si son millones. Esperá a que se los vayan comiendo y ahí se estabilizan los precios». Una señora mayor se para frente a la urna del padre y mira la foto. Agarra uno de los souvenirs y lo revisa. Lo huele y lo tira de nuevo en la canasta donde estaba. La señora ve que una cucaracha camina por la pared, muy cerca del marco electrónico con las fotos falsas del padre que siguen alternándose. Se asusta, se aleja y se va. La cucaracha se mete en la canasta con los souvenirs.

Excepto él, no hay una sola persona en ese lugar que sepa que al padre le encantaban los pájaros, que amaba a su mujer con pasión y que cuando ella murió algo en él se apagó por completo.

Su hermana camina con pasos cortos y rápidos de un lado al otro atendiendo a la gente. Escucha que le dice a alguien: «Nos basamos en la técnica de la muerte por mil cortes. Sí, del libro que salió hace poco. Claro, ese que es *best-seller*. Yo no sé nada, es mi marido el que se ocupa». ¿Qué puede saber la hermana de la tortura china? Se para y se acerca para escuchar más, pero su hermana se va para la cocina. Cuando se acerca a la mesa donde está la comida ve que en una bandeja de plata hay un brazo que está siendo fileteado. Alrededor del brazo, que seguramente fue cocinado al horno, hay lechugas y rabanitos cortados como si fuesen pequeñas flores de loto. La gente prueba y dice: «Qué delicia. Tan fresco. Qué buena anfitriona que es Marisa. Se nota que quería al padre». Entonces se acuerda del cuarto refrigerado.

Camina a la cocina, pero en el pasillo se cruza a la hermana.

—¿Dónde vas, Marquitos?

—A la cocina.

—¿Para qué necesitás ir a la cocina? Te traigo lo que me pidas.

Él no le contesta y sigue caminando. Ella lo agarra del brazo, pero lo suelta porque alguien que la está llamando desde el salón se acerca a hablarle.

Llega a la cocina. Siente como un golpe un olor rancio, pero fugaz. Camina hacia la puerta del cuarto refrigerado. Se asoma y adentro ve a una cabeza sin un brazo. «La consiguió, la muy turra», piensa. Tener una cabeza doméstica en la ciudad es un signo de estatus que da prestigio. La mira mejor y se da cuenta de que es una PGP porque puede distinguir algunas siglas. A un costado, en la mesada ve que hay un libro. Su hermana no tiene libros. El título es *Guía para realizar la muerte por mil cortes en cabezas domésticas*. El libro tiene manchas rojas o marrones. Siente ganas de vomitar. Claro, piensa, la va a ir descuartizando de a poco con cada evento y lo de la muerte por mil cortes debe ser algo de moda para que toda esta gente tenga un tema de conversación.

Todos en familia cortando al ser vivo que está en la heladera, basándonos en una tortura china milenaria. La cabeza doméstica lo mira con tristeza. Él intenta abrir la puerta, pero está cerrada con llave.

—¿Qué hacés?

Es su hermana que lo mira con una bandeja vacía en las manos y golpea el piso con el pie derecho. Él se da vuelta y la ve. Siente que la piedra del pecho le estalla.

—Me das asco.

Ella lo mira entre sorprendida e indignada.

—¿Cómo me vas a decir eso, justo en este día? Además, ¿qué te pasa últimamente? Tenés la cara desencajada.

—Me pasa que vos sos una hipócrita y tus hijos, dos mierdas.

Él mismo se sorprende del insulto. Ella abre los ojos y la boca. Por unos segundos no le responde.

—Yo entiendo que estás estresado por lo de papá, pero no me podés insultar así y en mi propia casa.

—¿Vos entendés que no tenés pensamiento propio, que lo único que hacés es seguir las normas que te imponen? ¿Vos entendés que todo esto que estás haciendo es un acto vacío? ¿Podés llegar a sentir algo de verdad, vos? ¿Alguna vez lo quisiste a papá?

—Me parece que corresponde una despedida, ¿no? Es lo mínimo que podemos hacer por él.

—No entendés nada.

Sale de la cocina y ella lo sigue diciéndole que no se puede ir, que qué va a pensar la gente, que ahora no se puede llevar la urna, que al menos le puede conceder eso, que está lleno de compañeros de la empresa de Esteban, que está el jefe, que no la puede avergonzar así. Él se para, la agarra del brazo y le dice al oído: «Si me seguís jodiendo le cuento a todos cómo jamás ayudaste en nada con papá, ¿te queda claro?». La hermana lo mira con miedo y se aleja unos pasos.

Abre la puerta de la casa y sale. Ella lo persigue corriendo con la urna. Lo alcanza justo antes de que él abra la puerta del auto.

—Tomá la urna, Marquitos.

Él la mira en silencio unos segundos. Se sube al auto y cierra la puerta. La hermana se queda parada sin saber qué hacer hasta que se da cuenta de que está al aire libre sin paraguas. Mira al cielo con temor, se tapa la cabeza con la mano y se va corriendo a la casa.

Él arranca y se va, pero antes ve cómo la hermana se mete en la casa con una urna llena de arena sucia de un zoológico abandonado y sin nombre.

18

Vuelve a su casa. Acelera y prende la radio.

Suena el celular, es Mari. Le parece raro el llamado porque ella sabe que él está con la despedida del padre, lo sabe porque Mari lo llamó para pedirle autorización para pasarle a la hermana la lista de sus contactos para invitarlos a la despedida. Por supuesto, él no se la dio y le dijo a Mari que no quería ver a nadie conocido.

—Hola, Mari. ¿Qué pasa?

—Necesito que vengas ahora al frigorífico. Yo sé que no es el momento, disculpame, pero tenemos una situación inmanejable. Por favor, vení ahora.

—Pero ¿qué pasó?

—No te lo puedo explicar, lo tenés que ver.

—Estoy cerca, estaba volviendo a casa. Llego en diez minutos.

Acelera. Nunca la escuchó a Mari tan preocupada.

Cuando está llegando ve a lo lejos lo que parece un camión parado en medio de la ruta. Cuando está a pocos metros ve, en el asfalto, manchas de sangre. Cuando se acerca un poco más no puede creer lo que está viendo.

Uno de los camiones jaula está volcado al costado de la ruta, destruido. Las puertas se rompieron en el impacto o fueron rotas. Ve a Carroñeros con machetes, palos, cuchillos, sogas matando a las cabezas que estaban siendo transportadas al frigorífico. Ve desesperación, hambre, ve una locura rabiosa, un resentimiento enquistado, ve asesinato, ve a un Carroñero cortándole el brazo a una cabeza viva, ve a otro corriendo y tratando de enlazar a una cabeza que se escapa como si fuese un ternero, ve a mujeres con bebés en sus espaldas macheteando, cortando miembros, manos, pies, ve el asfalto lleno de vísceras, ve a un nene de cinco o seis años arrastrando un brazo. Acelera cuando un Carroñero, con la cara desquiciada y manchado de sangre, le grita algo y levanta el machete.

Siente que los fragmentos de la piedra que tenía en el pecho le recorren el cuerpo. Queman, son incandescentes.

Entra al frigorífico. Mari, Krieg y varios empleados están mirando el espectáculo. Mari se le acerca corriendo y lo abraza.

—Ay, perdoname, Marcos, perdoname tanto, pero esto es una locura. Nunca había pasado algo así con los Carroñeros.

—¿El camión volcó o lo volcaron?

—No sabemos. Pero eso no es lo peor.

—¿Qué es lo peor, Mari, qué hay peor que esto?

—Lo atacaron a Luisito, el conductor. Estaba herido y no pudo salir a tiempo. ¡Lo mataron! Marcos, ¡lo mataron!

Mari lo abraza y no deja de llorar.

Krieg se acerca y le da la mano.

—Siento lo de tu papá. Perdoná que te llamamos.

—Hicieron bien.

—Estas lacras lo mataron a Luisito.

—Hay que llamar a la policía.

—Ya llamamos. Hay que ver cómo se contiene a estos negros de mierda.

—Tienen carne suficiente para semanas, si quieren.

—Les dije a los muchachos que disparen sin matarlos, para asustarlos.

—¿Y qué pasó?

—Nada. Es como si estuvieran en trance. Como si se hubieran convertido en monstruos salvajes.

—Hablemos en la oficina. Pero primero le voy a preparar un té a Mari.

Entran al frigorífico. Él la abraza a Mari, que no para de llorar y decir que, de todos los conductores, Luisito era uno de sus preferidos, que era un amor de chico, que no llegaba a los treinta, tan responsable, que era padre de familia, que tenía un bebé precioso, que la mujer, ¿cómo iba a hacer la mujer ahora?, que la vida era injusta, que esos sucios, miserables, que habría que haberlos matado hace tiempo, que son negros de mierda, siempre rondando como cucarachas, que no son humanos, son lacras, son animales salvajes, que era una barbaridad morir así, que esa mujer no iba a poder cremar a su propio marido, que cómo no se previó esto antes, que es culpa de todos ellos, que no sabe a qué dios rezarle si su dios permite que pasen estas cosas.

Él la sienta y le sirve un té. Ella parece recomponerse un poco y le toca la mano.

—¿Estás bien vos, Marcos? Hace tiempo que te noto con la mirada distinta, más cansado. ¿Estás durmiendo bien?

—Sí, Mari, gracias.

—Tu papá era un amor de persona. Tan honesto. ¿Te conté que yo lo conocí antes de la Transición?

Se lo había contado muchas veces, pero él le dice que no y pone cara de sorpresa como hace cada vez.

—Sí, cuando era jovencita. Yo trabajaba como secretaria en una curtiembre y hablé varias veces con él cuando venía a las reuniones con mi ex jefe.

Y le vuelve a contar que el padre era muy pintón, «como vos, Marcos», que todas las empleadas le hacían ojitos pero él nada, ni las miraba, «porque se notaba que tu papá tenía ojos sólo para tu mamá, se lo notaba enamorado», que siempre fue muy amable y respetuoso, que se veía a la legua que era buena persona.

Él la agarra con cuidado de las manos y se las besa.

—Gracias, Mari. ¿Estás un poco mejor, no te importa que vaya a hablar con Krieg?

—Andá, querido, que hay que resolver esto que es urgente.

—Cualquier cosa me avisás.

Mari se para y le da un beso fuerte en la mejilla y lo abraza.

Entra a la oficina de Krieg y se sienta.

—Qué desastre. Las cabezas son una pérdida millonaria, pero lo tremendo es lo de Luisito.

—Sí. Hay que llamar a la mujer.

—Eso lo va a hacer la policía. Le van a avisar en persona.

—¿Se sabe qué pasó? ¿Si el camión volcó o lo volcaron?

—Tenemos que revisar las filmaciones de seguridad, pero creemos que lo volcaron. No hubo tiempo de reacción.

—¿Fue Oscar el que avisó?

—Sí, Oscar está de servicio. Lo vio y me llamó. No habían pasado ni cinco minutos que las mierdas esas ya estaban matando a todos.

—Entonces fue organizado.

—Pareciera que sí.

—Lo van a volver a hacer, ahora que saben que pueden.

—Sí. Eso temo. ¿Qué proponés?

Él no sabe qué contestar, o sí, sabe perfectamente, pero no quiere. Los pedazos de la piedra le arden en la sangre. Se acuerda del nene arrastrando el brazo por el asfalto. Se queda en silencio. Krieg lo mira con ansiedad.

Intenta responder, pero tose. Siente que los pedazos de la piedra se le acumulan en la garganta. Se la queman. Quisiera escaparse con Jazmín. Quisiera desaparecer.

—A mí lo único que se me ocurre es ir ahora y matarlos a todos. A la lacra hay que hacerla desaparecer —dice Krieg.

Él lo mira y siente una tristeza contaminada, rabiosa. Tose sin parar. Siente que las piedras se desgranaron y son arena en su garganta. Krieg le sirve un vaso de agua.

—¿Estás bien?

Quiere decirle que no está bien, que las piedras lo calcinan por dentro, que no se puede sacar de la mente a ese nene muerto de hambre. Toma el agua, no le quiere responder, pero dice:

—Hay que agarrar varias cabezas, envenenarlas y dárselas.

Se queda callado, duda, pero sigue:

—Voy a dar la orden en un par de semanas. Hay que esperar a que se coman la carne que robaron y que no sospechen. Sería raro que se las demos ahora, cuando nos acaban de atacar.

Krieg lo mira nervioso. Piensa varios segundos, y sonríe.

—Sí, es una buena idea.

—De esa manera, cuando mueran envenenados, va a ser evidente que fue por la carne que robaron. Nadie puede inculparnos.

—Lo tiene que hacer gente de confianza.

—Yo me encargo cuando sea el momento.

—Pero ahora va a llegar la policía, es muy probable que los arresten. No creo que sea necesario.

Detesta ser tan eficiente. Pero no deja de contestar, de resolver, de buscar la mejor solución para el frigorífico.

—¿A quién van a arrestar? ¿A más de cien personas que viven en situación carenciada, marginal? ¿Cómo pueden saber quién lo mató a Luisito, a quién van a culpar? Si llega a aparecer en las filmaciones de seguridad quién lo mató, ahí sí, pero para que lleguen a ese momento va a pasar mucho tiempo.

—Tenés razón. Pueden arrestar a dos o tres y vamos a seguir teniendo problemas con el resto. Pero ¿cuántas cabezas necesitamos para matar a todos?

—A todos no, pero van a morir suficientes para que se vayan.

—Claro.

—Esta gente está fuera de la ley. No deben tener ni documentos. La investigación puede durar años. En el ínterin, nos van a voltear más camiones porque ya saben cómo hacerlo.

—Mañana pongo gente armada para la llegada de los camiones.

—Sí, eso también. Aunque no creo que se arriesguen.

—Vos no les viste las caras de salvajes.

—Sí, las vi. Pero van a estar cansados y alimentados. Igualmente me parece bien que haya gente armada.

—Bien. Confío en que esto funcione.

Él no le contesta. Le da la mano y le dice que va a volver a su casa. Krieg le contesta que sí, que vuelva, absolutamente, que lo disculpe por llamarlo justo en ese momento.

Cuando está saliendo del frigorífico, vuelve a ver el camión destrozado, las luces azules de la policía que se acercan y la sangre en el asfalto.

Quiere sentir lástima por los Carroñeros y por la suerte de Luisito, pero no siente nada.

19

Llega a su casa y va directo al cuarto de Jazmín. En todo el día no miró el celular para controlarla. Es la primera vez, desde que instaló las cámaras, que se olvidó de chequearla.

Abre la puerta del cuarto y ve que Jazmín está acostada, con cara de dolor. Se toca la panza y tiene el camisón manchado. Se acerca corriendo y ve que el colchón está empapado de un líquido verde amarronado. Grita: «¡No!».

Sabe, por todo lo que leyó, que si el líquido amniótico es verde o marrón hay un problema con el bebé. No sabe qué hacer más que alzar a Jazmín y llevarla a su cama para que esté más cómoda. Entonces agarra el celular y la llama a Cecilia.

—Necesito que vengas ahora.

—¿Marcos?

—Agarrá el auto de tu vieja y te venís ya para casa.

—Pero ¿qué pasó?

—Vení ahora, Cecilia. Te necesito ahora acá.

—Pero, no entiendo. Tenés la voz distinta, no te reconozco.

—No te puedo explicar por teléfono, entendé que necesito que vengas ya.

—Bueno, sí, ahora salgo.

Él sabe que ella va a tardar. La casa de la madre no está en la cuidad, pero tampoco está tan cerca.

Corre a la cocina, agarra repasadores y los moja. Le pone paños fríos en la frente a Jazmín. Intenta hacerle una ecografía, pero no puede detectar un problema. Le toca la panza y dice: «Va a estar todo bien, bebé, todo bien, vas a nacer bien, va a estar todo bien». Le da un poco de agua. No puede dejar de repetir que va a estar todo bien, cuando sabe que su hijo corre riesgo de morir. No puede levantarse y preparar las cosas necesarias para el parto, como hervir agua. Se queda quieto abrazando con fuerza a Jazmín, que a cada minuto está más blanca.

Mira el cuadro que está sobre su cama. El cuadro de Chagall que su madre tanto quería. De alguna manera, le reza. Le pide a su madre que lo ayude, esté donde esté.

Escucha el motor de un auto y sale corriendo. Abraza a Cecilia. Ella se aleja y lo mira extrañada. La agarra del brazo y, antes de llevarla a la casa, le dice:

—Necesito que tengas la mente abierta. Necesito que dejes de lado lo que puedas sentir y seas la enfermera profesional que conozco.

—No entiendo de qué me hablás, Marcos.

—Vení que te muestro. Ayudame, por favor.

Entran al cuarto y ella ve a una mujer en la cama, embarazada. Lo mira con tristeza, con cierto asombro y con algo de desconcierto, hasta que se acerca más y ve que la mujer tiene la marca de fuego en la frente.

—¿Qué hace una hembra en mi cama? ¿Por qué no llamaste a un especialista?

—Es mi hijo.

Ella lo mira asqueada. Se aleja unos pasos, se pone en cuclillas y se agarra la cabeza, como si le hubiese bajado la presión.

—¿Vos estás loco? ¿Querés terminar en el Matadero Municipal? ¿Cómo pudiste estar con una hembra? Estás enfermo.

Él se acerca, la levanta despacio y la abraza. Después le dice:

—El líquido amniótico es verde, Cecilia, el bebé se va a morir.

Como si él hubiese pronunciado palabras mágicas, ella se levanta y le dice que empiece a hervir agua, que le traiga toallas limpias, alcohol, más almohadones. Él corre por la casa buscando las cosas que ella le pidió, mientras Cecilia revisa a Jazmín y trata de calmarla.

El parto dura varias horas. Jazmín puja instintivamente, pero Cecilia no puede hacerse entender. Él trata de ayudar, pero siente el miedo de Jazmín y se paraliza, sólo atina a decir: «Va a estar bien, todo va a estar bien». Hasta que Cecilia grita que puede ver un pie. Él se desespera. Cecilia le dice que salga, que las está poniendo nerviosas a las dos, que el parto puede ser complicado. Que espere afuera.

Él se queda detrás de la puerta del cuarto con la oreja pegada a la madera. No hay gritos, sólo escucha que Cecilia dice «dale, mamita, pujá, pujá, así, dale que vos podés, más fuerza que ya sale, dale, ma, vamos, vamos», como si Jazmín pudiese entender algo de lo que ella le está diciendo. Después el silencio es total. Pasan los minutos y escucha que Cecilia grita: «¡No!, dale, bebé, date vuelta, dale, mamita, pujá, dale que casi, casi. Por Dios, ayudame. No te me vas a morir, carajo, no mientras yo esté acá. Dale, ma, vamos que vos podés». Por unos minutos no escucha nada, hasta que escucha un llanto, entonces entra.

Ve a su hijo en brazos de Cecilia, que está transpirada con los pelos revueltos pero con una sonrisa que le ilumina la cara.

—Es un varón.

Él se acerca y lo agarra, lo acuna, lo besa. El bebé llora. Ella le dice que hay que cortar el cordón, que hay que limpiarlo y arroparlo. Se lo dice llorando, emocionada, feliz.

Cuando el bebé ya está preparado y tranquilo Cecilia se lo entrega. Él lo mira sin poder creerlo, es hermoso, dice, es tan hermoso. Siente que los fragmentos de la piedra se reducen, pierden espesor.

Jazmín está en la cama y estira los brazos. Los dos la ignoran, pero ella abre la boca y mueve las manos. Intenta levantarse y, cuando lo hace, choca con la cadera la mesa de luz y tira la lámpara.

Los dos la miran en silencio.

—Traé más toallas y más agua para limpiarla antes de llevarla al galpón —le dice Cecilia.

Él se levanta y le entrega su hijo a Cecilia, que lo empieza a acunar, le canta. Él le dice «ahora es nuestro» y ella lo mira sin poder responder, emocionada, confundida.

Cecilia sólo mira al bebé, llora en silencio. Lo acaricia. Le dice: «Qué bebé hermoso, qué chiquito más lindo. ¿Cómo te vamos a llamar?».

Él va a la cocina y vuelve sosteniendo algo en la mano derecha.

Jazmín sólo atina a estirar los brazos para tocar a su hijo, desesperada. Intenta levantarse de nuevo, pero los pedazos de vidrio de la lámpara rota del piso la lastiman.

Él se ubica detrás de Jazmín. Ella lo mira con desesperación. Primero la abraza y le besa la marca de fuego. Intenta calmarla. Después se arrodilla y le dice «tranquila, todo va a estar bien, tranquila». Le pasa uno de los trapos mojados por la frente para limpiarle el sudor. Le canta al oído *Summertime*.

Cuando se calma un poco, se para y le agarra la cabeza sosteniéndola del pelo. Jazmín sólo mueve las manos intentando abrazar a su hijo. Quiere hablar, gritar, pero no hay sonidos. Él levanta la maza que trajo de la cocina y le pega en la frente justo en el centro de la marca de fuego. Jazmín cae aturdida, desmayada.

Cecilia se sobresalta con el golpe y lo mira sin entender. Le grita: «¡¿Por qué?! Podría habernos dado más hijos». Mientras arrastra el cuerpo de la hembra al galpón para faenarlo, él le contesta con una voz radiante, tan blanca que lastima: «Tenía la mirada humana del animal domesticado».

Agradecimientos

A Liliana Díaz Mindurry, Félix Bruzzone, Gabriela Cabezón Cámara, Pilar Bazterrica, Ricardo Uzal García, Camila Bazterrica Uzal, Lucas Bazterrica Uzal, Juan Cruz Bazterrica, Daniela Benítez, Antonia Bazterrica, Gaspar Bazterrica, Fermín Bazterrica, Fernanda Navas, Rita Piacentini, Bemi Fiszbein, Pamela Terlizzi Prina, Alejandra Keller, Laura Lina, Mónica Piazza, Agustina Caride, Valeria Correa Fiz, Mavi Saracho, Nicolás Hochman, Gonzalo Gálvez Romano, Diego Tomasi, Alan Ojeda, Marcos Urdapilleta, Valentino Cappelloni, Juan Otero, Julián Pigna, Alejo Miranda, Bernardita Crespo, Ramiro Altamirano, Vivi Valdés.

A mis padres, Mercedes Jones y Jorge Bazterrica.

A Mariano Borobio, siempre.

Premio Clarín Novela 2017

En Buenos Aires, el 27 de octubre de 2017, un jurado integrado por los escritores Jorge Fernández Díaz, Pedro Mairal y Juan José Millás otorgó por unanimidad el Premio Clarín Novela, en su edición número xx, a la obra *Cadáver exquisito* de Agustina Bazterrica, elegida entre diez novelas seleccionadas sobre un total de cuatrocientos noventa y cuatro presentadas.

El jurado destacó que se trata de una novela mayor, que incursiona en los mecanismos siniestros de una sociedad distópica y caníbal, valorable por su atmósfera densa e hipnótica, su trama sorprendente, su lenguaje directo y despojado, y su capacidad para volver visibles algunas prácticas oscuras y normalizadas de la vida cotidiana actual.

El Premio Clarín Novela, dotado con 300.000 pesos, se otorga todos los años, desde 1998, a una novela inédita escrita en español que publica la editorial Alfaguara.

Novelas premiadas

1998 *Una noche con Sabrina Love* de Pedro Mairal
1999 *Inglaterra. Una fábula* de Leopoldo Brizuela
2000 *Se esconde tras los ojos* de Pablo
2001 *Memorias del río inmóvil* de Cristina Feijóo
2002 *Las ingratas* de Guadalupe Henestrosa
2003 *Perdida en el momento* de Patricia Suárez
2004 *El lugar del padre* de Ángela Pradelli
2005 *Las viudas de los jueves* de Claudia Piñeiro
2006 *Arte menor* de Betina González
2007 *El lugar perdido* de Norma Huidobro
2008 *Perder* de Raquel Robles
2009 *Más liviano que el aire* de Federico Jeanmaire
2010 *La otra playa* de Gustavo Nielsen
2011 *El imitador de Dios* de Luis Lozano
2012 *Sobrevivientes* de Fernando Monacelli
2013 *Bestias afuera* de Fabián Martínez Siccardi
2014 *Rebelión de los oficios inútiles* de Daniel Ferreira
2015 *¿Qué se sabe de Patricia Lukastic?* de Manuel Soriano
2016 *El Canario* de Carlos Bernatek
2017 *Cadáver exquisito* de Agustina Bazterrica

MAPA DE LAS LENGUAS UN MAPA SIN FRONTERAS 2020

LITERATURA RANDOM HOUSE
La perra
Pilar Quintana

LITERATURA RANDOM HOUSE
Voyager
Nona Fernández

LITERATURA RANDOM HOUSE
Laberinto
Eduardo Antonio Parra

ALFAGUARA
Cadáver exquisito
Agustina Bazterrica

LITERATURA RANDOM HOUSE
Los años invisibles
Rodrigo Hasbún

LITERATURA RANDOM HOUSE
La ilusión de los mamíferos
Julián López

LITERATURA RANDOM HOUSE
Mil de fiebre
Juan Andrés Ferreira

LITERATURA RANDOM HOUSE
Adiós a la revolución
Francisco Ángeles

ALFAGUARA
Toda la soledad del centro de la Tierra
Luis Jorge Boone

ALFAGUARA
Madrugada
Gustavo Rodríguez

LITERATURA RANDOM HOUSE
Un corazón demasiado grande
Eider Rodríguez

ALFAGUARA
Malaherba
Manuel Jabois